© 2020 SIOBUD, Neimad
Édition : BoD – Books on Demand, 12/14 rond-point des Champs-Élysées, 75008 Paris
Impression : BoD - Books on Demand, Norderstedt, Allemagne
ISBN : 9782322260430
Dépôt légal : Décembre 2020

Ce qu'elle peut voir

Neimad SIOBUD

Ce qu'elle veut voir

Du même Auteur

Aux Éditions du Net :
Linou, Lila et nous, novembre 2017
Les Petits Petons et les temps suspendus, février 2018
Ma Plume à Pierrot, février 2018
Ex-time et In-time : l'humain debout, juillet 2018
Les Pensées suspendues de Dadu, septembre 2018
Deux Lettres : Je t'aime ET dans la dignité, novembre 2018
Où (en) suis-je ? Les Editions du net, août 2019
Les petits saints, Les Editions du net, janvier 2020

Aux Éditions Muse :
Le Post de Soissons, mai 2019
Nouvelles de caractères, juin 2019

Books on Demand :
A la Zone le GAFFEUR, septembre 2020
Le Recueil de Pierrot, septembre 2020
DEUX LETTRES : Je t'aime ET dans la dignité, septembre 2020

Première partie

Préambule

Pourquoi le pseudonyme Neimad et pas Damien ? Parce que « ce qu'elle veut voir », ce sont ces excès de mauvais caractère qu'elle fait naître chez moi, critiquant jeune les sportifs et adulte fondant une famille sportive, me suggérant toujours d'être l'inverse de ce qu'elle va devenir, me faisant dire tout haut ce qu'elle pense tout bas, parler Neimad alors que je suis Damien.

Dans *Ma plume à Pierrot,* que j'ai pensé retirer du *net,* qui salit mon père, c'est la voix de ma sœur que l'on entend contre mon père. Vous entendriez ces mots : « rassure-toi, papa, il n'a pas que des amis dans la ville » (moi qui le croyais et en était fier) alors que vous logez dans ses bâtiments, travaillez dans ses locaux, avec ses objets : j'ai été le jouet de tout le monde et mon silence me tuerait. Il a fallu que je dénonce « ce qu'elle veut voir ».

Ici, l'heure est à la tourmente, l'indignation, mais la conclusion est toujours aimante et constructive.

C'est un livre profond qui mérite une lecture lente jusqu'à la conclusion, malgré ses mots crus et ses violences des deux premières parties.

Ce livre aurait d'ailleurs pu s'appeler « ce qu'il veut voir », mon père souhaitant peut-être de son vivant ou d'où il est ces quatre crânes de sa famille réunis, forts en couleurs... je juge qu'un livre sera suffisant.

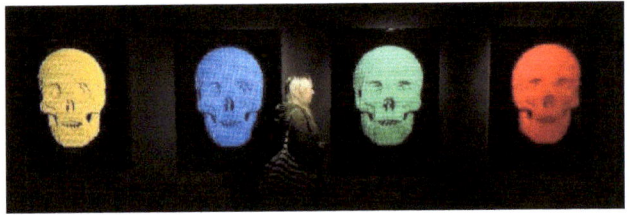

Entrée en matière

Ma sœur l'amazone aime faire la guerre
contre ceux
qui n'ont que misère
à offrir à ceux
qui savent se moquer d'eux ;
Ceux qui n'ont que des mots
contre ces flèches
qu'elle décoche trop,
empoisonnées et sèches
de mots,
mots sadiques,
mots merdiques,
mots de curare, de Trafalgar.

Car elle ne connaît
que les mots faux
Des flèches dans le dos,
Des gentils mots qui sonnent faux.

Contre cette fausse déesse,
pour l'instant, j'ai le croc
acéré d'un géant
qui n'a qu'une dent
contre ce sein manquant.

Contre ce curare,
j'ai la quenouille,
mais j'ai le mot phare :
Rentre dedans
par devant.

Exposé

Tu sais, Clarice... nos parents se sont bien foutus de notre gueule, de la mienne, en tout cas, de plus en plus en vieillissant, ne pensant qu'à se débarrasser de moi tout en refusant mes orientations, me laissant les tâches ingrates, maman réclamant l'argent qu'elle s'est gardé pour de vieux bouts de bois du garage que j'ai vendus pour elle, et cédant pour 100 € un vitrail de valeur qui déshabille la maison du port. Quant au vidage de la maison, mais surtout de l'atelier, c'était 500 € qu'on aurait dû lui donner, pas lui prendre 300 €. Je n'en démords pas.

En ce qui concerne les 5600 € chacun, toi et moi, sur la vente à 28 000 € de la maison, héritage du port, c'est bien du « foutage de gueule » de NOS DEUX PARENTS. Quand je pense que papa me faisait hériter de la collection si j'étais resté au port de Juigné, qu'il cotait comme la maison à 100 000 €... 5600 €, je me demande même si je dois les accepter pour leur foutre la honte. De toute façon, la maison n'est pas encore vendue.

Quant à celle de Sablé, j'ai bien compris que ça ne sera, avec maman, que des ennuis pour nous.

Comme pour la maison du port : j'ai fait plus d'efforts qu'un agent immobilier, lui il encaisse le pactole et moi 5600 € sur ce qui devrait être un droit. Ça aura plutôt été un tas d'ennuis et si la maison ne se vendait pas, on n'aura qu'à la donner à ton aîné, Aymeric, qu'il en fasse ce qu'il veut.

Je ne sais pas si tu réalises, mais papa qui prétendait que son musée valait un hôtel... et maman qui prétend qu'elle n'a pas d'effets secondaires à son traitement, c'est pourtant comme moi, ça nous ramollit du cerveau ! Ou elle fait semblant. À la cinquantaine, je prends confiance en moi ! Et tous ces déménagements des parents plus handicapants pour moi, moi depuis très jeune jusqu'à 45 ans, toi la vingtaine., simplement parce que maman voulait sa cuisine au soleil... du coup, il a fallu renoncer à l'affaire qu'avait faite notre père (en investissant dans une maison qu'il a fallu payer sans l'habiter) pour vivre dans des logements de fonction fournis aux parents, et que mon père soit absent de la vie de famille, trop occupé à rembourser le crédit.

Maman, dès les débuts du mariage, avait des goûts bourgeois et aucun sens du placement et du calcul, on ne peut pas avoir le beurre et l'argent du beurre, pourtant, grâce à papa, elle l'a eu toute sa vie.

Allez, bisous, ma sœurette, toutes ces histoires, c'est loin, et moi qui vieillis, je commence à ne pas aimer les vieux et les vieilles de cette génération chanceuse et « pollueuse » d'entre-deux-guerres, une militaire et une économique (je ne vais pas dire haïr comme tu le sous-entends plus loin, toi qui engueules ta mère de 83 ans pour un rien et moi qui suis

Exposé

franc, mais suis plus rassurant pour elle, qui craint tes colères, comme papa). Les femmes sont des lâches qui ne pensent qu'à l'argent, au sexe ensuite, qui est, lui, moins sale si c'est par amour, elles n'assument rien ; les hommes des salauds et des calculateurs rancuniers, pour le mal qu'ils ont fait dans leur rôle de patriarches, confortables, eux, à leurs enfants, enfants qui ne le voyaient pas et pardonnaient ? C'était une autre époque.

Neimad

Objet : Merci, Clarice, pour ton appel.

Désolé aussi que ma batterie fasse défaut, tu as eu de la chance que j'emporte le portable, ce vieux coucou, mais Christelle, en ce moment, n'a pas la pêche et je pouvais en avoir besoin pour appeler du secours. Du coup, de ton compte rendu avec le notaire sur un portable déchargé, je n'ai pas capté grand-chose avec Christiane très mal en point devant la pharmacie... Je ne suis pas une boîte enregistreuse non émotive, tu pouvais au moins me dire ça sur un fixe à tête reposée ou par écrit, mais pas impunément comme ça sans prévenir dans la rue.

Maman m'a appelé en rentrant des courses et je ne sais plus si c'est elle ou toi qui m'a dit que papa avait 6000 € sur un compte dont on ne profitait pas. Je n'y vois pas de raison, je trouve que maman est assez bien logée comme ça **avec un revenu de 2600 €, m'a-t-elle toujours laissé croire**. Tout ça, j'en dis qu'elle est responsable de t'avoir montée contre papa et un bon nombre d'hommes dès jeune, elle a toujours tout fait porter à papa et à toi aussi contre notre propre père et du coup, moi, j'ai donné trop de torts à papa, suivant ma grande sœur, au point de ne pas lui souhaiter son dernier anniversaire. De toute façon, un père qui dit « ça » à son fils en parlant de sa belle-fille handicapée et qui dit en douce à cette dernière qu'il n'aime pas son fils, c'est un père indigne qui ne mérite plus d'efforts autodestructeurs. Et non, je ne suis pas haïssant, il n'y a pas de haine, juste une page tournée, un peu plus conscient. Pas plus pour maman, qui est complètement dépassée, mais devrait au moins savoir son revenu, un an et trois mois après le décès de papa, pour que ça aide son fils de 56 ans à comprendre la situation.

Je repense à mes cousins et ma cousine, Gilles, Christian et Odile, et nos parents ont quelque chose de la famille Battière à profiter de leurs enfants de façon intéressée, en moins marqué, avec plus d'ambitions pour nous. Gilles me l'avait dit, et je ne mourrai pas comme Odile et lui... La grande sœur de maman, leur mère radine, a bien joué le jeu de Georges, et je ne crois ni maman ni elle innocente dans les histoires de famille qui ont détruit leurs enfants. Je ne reproduis pas le schéma, je n'ai pas d'enfants (pour ne pas être un poids pour eux dans mes vieux jours).

Enfin, tout ça, c'est derrière, mais maintenant, je prends mes précautions avec maman, et Clarice, prendre des précautions, on peut le faire en aimant ses parents, tu me parles plus bas de détester ou haïr ! C'est quoi, ce délire ? Je suis juste un peu moins naïf, ma grande, je prends un traitement moderne, ç'a

Exposé *17*

l'avantage de ne pas rendre encore trop bon, trop con.

Bisous, Clarice, mais surtout, bonne reprise. J'espère que ta retraite est bien pour cette année.

À propos, qu'avez-vous décidé pour les soixante ans de Yan ? Maman et moi, on s'est engagés.

Pendant que j'y pense, j'ai expliqué à maman que si elle n'était pas imposable, elle avait le droit de faire un don à ses enfants et de bénéficier d'un crédit d'impôt. Si ça te choque, moi pas, sauf que maintenant que tu me dis que son revenu est de 1600 € et non 2600 € contrairement à ses dires, je te comprends beaucoup mieux. Je suis peut-être plus parano que maman, mais par contre, je suis capable de calcul et je connais mon revenu, c'est autrement plus important et ça évite d'être pris pour trop con.

Sachant que maman n'est plus riche et a une maison à charge à elle seule, je vais lui demander de baisser ma pension alimentaire. Avec le paiement de son aide à domicile, elle devrait avoir un crédit d'impôt.

Coucou, Clarice,

Ça serait bien que les 6000 € du compte de papa servent à mettre un grillage autour (de chaque côté et derrière) de la réserve d'eau de la chapelle Notre-Dame du Nid. Un enfant en amont peut tomber dedans et se noyer, n'ayant pas non plus de grillage auquel s'accrocher.

Maman pourrait mettre 360 € pour faire faire ça par monsieur Albry et nous 135 € chacun si nécessaire ?

Un chevreuil s'est déjà noyé là, alors, tu penses, un enfant ! Normalement, c'est le rôle de la SCI.

Bisous,

Neimad

Voilà que maman me demande de quel argent je parle alors que c'est elle qui m'en a parlé hier (ou/et toi). Elle me dit qu'il faut que je voie avec toi, qu'elle ne sait plus ce qu'a dit la notaire. C'est usant d'avoir une mère qui n'a jamais rien assumé et qui a toujours fait porter ses maux aux mêmes qui la soutiennent. Mais soutenez-vous entre mère et fille, comme tu le dis plus bas, je risque d'être définitivement absent, pour les joies comme pour les peines.

Je vais attendre le courrier de la notaire, en espérant que papa n'a pas caché un compte et que maman ne fait pas l'innocente (c'est une question, une hypothèse, n'oublie pas que papa était ami avec Michel Blanc, cette enflure qui a déshérité sa femme, qu'il trompait à tour de bras, alors que vieux, elle était sa garde-malade). Ce que tu ne sais pas, c'est qu'il y a plus de quinze ou vingt ans, papa m'a montré une assurance-vie CNP que j'aurais dû toucher d'un parent routier (complètement inconnu, de Vendôme), avec comme bénéficiaire mon nom, mon prénom et à l'adresse des parents. Comme par hasard, l'enveloppe était ouverte. Est-ce lui à l'époque où il

Exposé 19

avait son bureau de poste à Vendôme qui aurait détourné une assurance-vie avec l'espoir que je coopère...

Le compte de papa, dont je ne sais rien (papa jusque-là était censé n'avoir que 500 € sur son compte, c'est encore plus troublant), toi, tu as vue sur leurs comptes, et moi *niet,* comme si moi, je ne savais pas compter. Je suis peut-être paranoïde, mais désolé, je sais compter et au contraire, toutes les précisions en moins, ça fait gamberger encore plus ! C'est vrai que je ne veux pas savoir les codes de maman pour qu'on ne me reproche pas de piquer dans le compte, comme avec papa, mais j'aimerais bien un ordre de grandeur, actions EDF incluses.

C'était pourtant un bon dimanche !

Allez, bisous, Clarice.

J'oublie 6 000 € qui des fois existent, des fois pas. Je m'en fous, **mon souci, c'est ce grillage à faire poser derrière la réserve d'eau de la chapelle et maman me mène en bateau depuis plus d'un an...** (Pâques il y a deux ans, où elle a servi le chevreuil, dont je n'ai rien voulu manger).

Mises au point

Bonsoir Neimad,

Je découvre tes mails et te trouve de bien méchante humeur. Ne crois-tu pas que toute cette haine déversée dans ces messages te fait surtout du mal à toi, et par ricochet à Christelle ?

Écoute, ma sœur, moi, je ne rentre pas d'un week-end dans ma résidence secondaire au bord de la mer. Au contraire, c'est le calvaire, je suis entre une vieille dame qui devient sénile et ma femme qui est gravement malade, mais elle, contrairement à toi, ne commence pas une conversation en se plaignant (de moi). Où tu vois de la haine, il n'y a que constat, doute, suspicion, interrogation (et colère d'en être poussé là), besoin de comprendre aussi comment on m'amène dans ces impasses quinze mois après le décès de papa (tu n'as même pas voulu qu'on lui achète une plaque à deux) et comment on peut me parler de paix intérieure tout en me soupçonnant de haine et de **dépouiller ma mère**, chose que, si j'avais voulu, j'aurais pu faire de longue date à de nombreuses occasions, en plus sur proposition de maman.

*Tu as tes raisons, je les respecte. **Mais** quels que soient les torts de papa et maman, l'un est mort et s'en fiche bien, l'autre est âgée et malade, l'essentiel de sa vie est derrière elle, même si tu choisis de pourrir ce qui lui reste, ce qui ne te ressemble pas.*

« ... l'essentiel de sa vie est derrière elle, même si tu choisis de pourrir ce qui lui reste, ce qui ne te ressemble pas. » C'est quoi ces allusions provocatrices, comme ça, d'entrée ? L'essentiel de la vie de maman est vécu, j'appelle cela une chance et surtout de s'en tirer indemne et de pouvoir encore beaucoup en profiter, elle le dit elle-même.

C'est la tienne, et celle de Christelle, qui n'est pas terminée. Est-ce que cela te rend heureux de la remplir avec des griefs et soupçons contre tout le monde ?

Toi, ça te fait du bien de me reprocher ma maladie ? Je ne reproche à personne d'être bête ou sadique, à moins qu'on le revendique !

*<u>Je sais que</u> c'est ta maladie et que changer est plus facile à dire qu'à faire, **<u>mais</u>** dans ton intérêt, et celui de Christelle, ne veux-tu pas essayer vraiment, avec l'aide de ton médecin ou de qui te semblera compétent ?*

Ça semble t'amuser, mais trouve-moi un magicien compétent. Ma maladie, c'est d'avoir à vivre avec un petit SMIC, avec une personne lourdement handicapée qui m'a choisi par amour (pas comme dans ton cas où tu fais tout par calcul, comme plus bas essayer de me séparer de ma mère et peut-être que je crève en silence, maman par accident. Chez toi, tous ces calculs sont inconscients, mais innés.) Clarice, tu m'as dit un jour que ma maladie a bon dos, je peux en dire autant : qu'est-ce que c'est que cette notaire qui fait office de belle-mère ? Solidarité entre femmes ? Discrimination du handicap ??

Papa n'a pas de compte caché. Les frais de notaire servent à ça notamment, faire des recherches sur le patrimoine des gens. Il faut être plus riche, plus malin et encore plus méchant pour y échapper.

Enfin, pour ce qui est plus haut, ce n'est pas de trop, un petit éclaircissement était nécessaire, car on dirait que tu ne connais pas ton père (qui te ressemble tellement, et si toi, tu le renies, moi, il est toujours dans mon cœur, même s'il m'en a voulu de me laisser imposer par toi de quitter le musée, avec le recours d'une psychiatre à laquelle tu as fait appel contre moi, pour faire du mal à ton père).

Je ne crois pas que maman soit lâche. Elle t'a toujours défendu, et tu sais comme moi comme ça pouvait être difficile face à papa. Cette somme qu'ils te versent tous les mois, c'est elle qui l'a arrachée de haute lutte, et ce n'est qu'un exemple. Elle s'est renseignée à la Poste pour contracter une assurance qui te verserait une rente après sa mort, je ne sais pas où ça en est. Et il y en a d'autres, nombreux, tu le sais, je crois.

Oui, mais dans mon cas, ça, ça fait un bien fou de se l'entendre dire, car dernièrement, on me roulait dans la farine, mais je ne lui en veux plus.

Moi, un an avant le décès de papa, j'ai aussi défendu maman contre des projets irréalistes avec la maison du voisin, expliquant que si papa mourait, elle ne s'en tirerait pas avec cet achat énorme, et ce que je n'ai pas ajouté, c'est que vous étiez les deux seules créancières : je suis handicapé et protégé par la loi face à un emprunt parental. Maman avait même dit : « Et si on meurt ? » Papa a répondu égoïstement : « Si on meurt, on meurt ! » J'ai ajouté : « Eh bien, meurs le premier !! » voyant bien son jeu provocateur malsain à 87 ans.

Mais si maman m'a défendu, un calcul caché était en faveur de papa, qui a toujours eu l'argent et ils ont profité de moi. Elle a surtout tenté de se déculpabiliser et a toujours en fait laissé faire, ayant trop peur comme sa grande sœur de le quitter et d'avoir à travailler, quitter sa chère cuisine au soleil, son confort que, quoi qu'elle dise, elle a toujours trouvé auprès de papa. Ça l'a bien arrangée pendant huit ans que je m'occupe du musée de son mari, dans l'ombre, que je l'entretienne physiquement et moralement, que celui-ci se fasse mousser et que ça l'entretienne dans son vieil âge, que l'on ne le voie pas dépasser dans la journée sa bière quotidienne (ce qu'il buvait la nuit par manque d'affection de sa femme, lui, poète, n'intéressait pas notre mère, mais elle cachait un peu son jeu, sachant qu'on n'empêche pas un homme valide de boire. Elle avait ton soutien, tes encouragements féministes, car par contre, toi, ton père, tu le détestais et il avait peur de toi, lui, le poète malgré tout, malgré lui).

Elle donnerait tout pour toi. Et pour moi. C'est ça, son problème : si elle te donne tout, elle sait qu'elle me lèse, qu'elle lèse mes enfants, et elle ne le peut pas. C'est ça, une mère.

Eh bien, il n'y a pas de quoi être fière d'être sœur. À vous deux, ton mari et toi, vous touchez quatre fois son salaire (au moins) et à toute TA famille, sans doute dix fois. Tu te fous de moi, il y a des colères saines. Tu ne vas pas pleurer pour tes trois enfants, qui sont tous les trois nantis, pendant que tu y es ?! Il faut peut-être que j'aie pitié ?! Parfois, tu me fais honte : vouloir que je prenne encore plus de médicaments, de thérapeutique, alors que c'est vous qui me détruisez, tout en disant : « *Elle donnerait tout pour toi* », foutaise, oui ! Et c'est bien par toi que toute cette construction à mes dépens dure. Quand j'écris cela, je réalise que je suis victime de chantage affectif, c'est franchement lamentable de profiter de mon traitement qui me maintient handicapé par accoutumance !!

Ces 6000 € en sont une illustration. Elle était prête à les partager immédiatement, selon les règles énoncées par la notaire, mais c'est cette dernière qui lui a conseillé de les placer pour payer sa maison de retraite, pour ne pas être à la charge de ses enfants face à cette somme mensuelle colossale, surtout pour sa pension. C'est ce qu'elle va faire. Dans notre intérêt, pas pour s'acheter des robes ou des voyages, elle ne dépense rien pour elle, tu le sais, je crois. Pour ne pas nous embêter plus tard.

Ma chère sœur, avant que maman entre en maison de retraite, je serai peut-être mort ! Mais c'est décidé ainsi et c'est très bien. « *Elle était prête à les partager* », mais encore une fois, elle ne fait rien, fait ce que lui dit sa fille, car sa fille a toujours raisonné pour elle, retirant sans doute, je ne sais pour quelle raison dont nous ne sommes pas responsables, les preuves d'amour que sa mère aurait dû faire à son mari, au lieu de compensations comme les preuves de reconnaissance autres que lui faire la cuisine... Enfin, tout cela, je n'en sais rien, je sais qu'elle te raconte tout de ma vie de longue date et à moi très peu de choses non futiles. Ainsi, tu imagines ma vie comme celle d'un petit vieux alors que c'est celle de quelqu'un qui vit à hauteur de ses moyens.

Pour la chapelle, c'est une bonne idée que ce grillage, mais il faut en parler avec Franck. Il est comme il est, mais il porte seul, avec Bernadette, la gestion de cette chapelle depuis longtemps, et il le fait bien, il faut le lui reconnaître. Lorsqu'il a su que nous venions, Yan et moi, début novembre pour l'anniversaire de maman, il a demandé à nous voir sur place. Enfin, Yan particulièrement, qui a un regard professionnel. Il proposait d'utiliser les 2000 € de ce mécène pour des travaux de sauvegarde, certaines parties de la chapelle étant en très mauvais état. Yan a validé sans hésiter après l'avoir vu. Franck a demandé des devis à plusieurs entreprises, il ne ménage pas sa peine. Nous lui avons même proposé, mais pas sûr qu'il le fasse, d'utiliser le solde pour payer un professionnel : c'est lui qui monte sur le toit de la dépendance, à son âge et avec les risques évidents, pour tailler la végétation qui menace le toit et les gouttières. Il fait aussi régulièrement le ménage, avec Bernadette, ils cirent les bancs. Accessoirement, il aide bien maman aussi, pour ses impôts ou trajets, comme toi, comme moi, mais bref, il est gentil avec elle.

Bref, on ne peut vraiment pas débouler et dire « faut faire ci ! ». Tu ne l'apprécierais pas dans les mêmes circonstances, moi non plus. On peut proposer une rencontre, une sorte d'assemblée générale, qui permettrait aussi de faire le point sur les travaux de sauvegarde, si tu veux ? Mais nous, qui ne faisons strictement rien pour cette chapelle, devons rester humbles face à ceux qui font, tu en conviendras, j'en suis sûre.

Oui, Franck a ses qualités, mais non, je n'en conviens pas **du tout** : papa avait trouvé un acheteur voisin pour la chapelle, lui l'a découragé et quand Franck, que tu dis si dévoué (qui cherche à me dépouiller, comme papa, des œuvres du grand-père), décédera, il aura fait sa B.A., aura géré sa collection d'œuvres d'art, mais il n'y aura personne pour prendre la relève des cousins-cousines. Quand Franck a, je crois, changé d'avis, la dame, sans doute vexée, n'a plus trouvé la sculpture de bois de 2000 ans à son goût. Et ton si dévoué oncle a quand même accusé son petit frère d'avoir pris dans le tronc, ce qui est très grave de la part d'un frangin. Les pilleurs de tronc, c'est de toutes les époques, il fallait qu'il accuse son petit frère qui, à l'époque, faisait le gros du boulot de la chapelle, alors qu'il avait sa vie à gagner, LUI ! Ton si dévoué oncle a aussi bien fait chier ton père pour une histoire de gros sous et était prêt à déshabiller les murs de la maison du port. Vous ferez honneur tout seuls à cette chapelle qui n'est pas consacrée et vous l'entretiendrez à vos frais, moi, je ne m'inquiète pas d'une chapelle alors que je loge dans une cage à lapins ! Mais bien sûr, je comprends, tu dois t'occuper de ta résidence secondaire... En tout cas, entre cirer des meubles et nettoyer les sols ou grimper sur un toit, ce qui est débile pour ce tas de pierres, que j'aime bien, mais qui n'est pas dans mes moyens, toi qui as toujours dit que le grand-père était un con, l'urgence est d'isoler le trou d'eau, de longue date. Ce n'est même pas une question de SCI, mais de civisme pour les visiteurs de VOTRE CHAPELLE. Si les moines n'en veulent pas, le peintre à l'entrée, qui connaît mieux l'histoire de la famille, si elle l'intéresse, serait sans doute plus à même d'en garder l'esprit.

Petit rappel, nos parents sont débaptisés et ni toi ni moi ne sommes pratiquants.

*J'espère que tu vas réussir à trouver un peu de paix. Maman est paresseuse — elle en convient —, perdue avec peu — mais elle se bat —, paranoïaque — **mais** ce n'est pas sa faute, et elle se soigne. Bref,* *elle a de nombreux défauts, **mais** s'il y a une personne qui veut ton bien, c'est bien elle. Alors, coupe un peu les ponts si tu en as besoin — elle peut être envahissante aussi —, mais ne lui fais pas de mal, s'il te plaît. Tu t'en ferais à toi-même, en le regrettant quand tu iras mieux, enfin, il me semble.*

Tu rigoles, Clarice ? Tu ne manques pas une occasion de lui faire la morale à ton avantage. Maman est médicamentée, c'est toi qui la dis paresseuse. Essaie pendant quelques jours nos traitements, tu ne te reconnaîtras pas ! Maman et moi, on vit la même chose, alors laisse-nous nous comprendre et arrêtez de jouer les sauveuses avec la notaire, vous pensez beaucoup (quoique…) pour vous donner bonne conscience, au cas où je meure avant l'heure aussi, mais vivez un peu ce qu'on vit, et comme moi, maman n'est pas une enfant, au contraire ! Ces reproches à maman d'être feignante, n'était-ce pas toi la première qui les faisais ? Tu as la mémoire courte et toi aussi tu me fais porter bien lourd. Et toi qui veux qu'on ait bonne conscience, s'il te plaît, tu peux dire à maman qu'elle est tiraillée entre toi et moi, mais c'est parce que tu le veux bien, et qu'en plus, tu lui inventes des complications avec ses petits-enfants... tu rigoles ou quoi ? Humour noir, moi aussi, je me soigne ! Pour nous, c'est l'opposé de drôle et l'obstacle au bonheur de maman, RESITUE-LE, si elle n'avait pas, comme papa, à craindre tes foudres jalouses, tes rancunes dont on ne connaît la cause : TOI, SOIGNE-TOI ! TU M'AS FAIT ME METTRE MON PÈRE À DOS, AS TOUJOURS MANIPULÉ MAMAN, SOUVENT AVEC AUTORITÉ. JE TE

DONNE DES CIRCONSTANCES ATTÉ-NUANTES HYPOTHÉTIQUES ET JE ME DEMANDE AUJOURD'HUI SI TU N'AS PAS TROP PROFITÉ DE LA VIE AUX DÉPENS DE TON PÈRE, TA MÈRE ET MOI, ton frère ! Enfin, je me demande si tes plans s'arrêtent bien là et si tu vas laisser maman finir sa vie tranquille comme tu le laisses croire. Te servirais-tu de moi, par hasard, espérant que je confie mes maux à maman ? En tout cas, le bon sens, à mon avis, serait de considérer que comme je n'ai pas d'enfant, un héritage serait logiquement envisageable à deux, libre à toi de donner de ta part à tes enfants, voire petits-enfants, c'est toi qui les as faits (tu t'es même fait aider par Yan).

Mais quand je pense que tes enfants, bébés, je m'inquiétais d'eux, je leur faisais des cadeaux avec plaisir et que depuis onze ans qu'on est là, on n'a pas eu une visite d'eux !

Maintenant, le parano, c'est moi, tout au moins, je me soigne contre ça, la notable, c'est toi...

Pour finir avec cet héritage, je te redis ce que la notaire a expliqué vendredi : du fait de la donation entre époux que papa et maman avaient fait enregistrer, maman ne nous doit absolument rien. Elle a donc 50 % + 20 % de tout (maisons et argent) et l'usufruit, c'est-à-dire la jouissance de tout jusqu'à sa mort. Elle choisit de nous donner une part de la maison du port et c'est déjà bien, non ?

Non, j'aurais su que ça tournerait comme ça, je serais resté au port et j'aurais écoulé la collection de papa sur place, toi qui m'auras fait hospitaliser, prendre plus de médicaments, qui ceux-là m'auront rendu schizophrène en cas de manque, <u>pour que je renonce à travailler au musée,</u> TON SOUHAIT, TA RANCUNE, TA JALOUSIE, TON CALCUL ! Avec tout le boulot que j'avais préparé, comme l'a souhaité papa sur la fin avant les enchères, j'aurais dû rester pour vendre cette collection à sa vraie valeur. Mais il fallait que je quitte cette famille malsaine, cette maison, cette ville. Quant au compte en banque, avec l'argent de la France mutualiste, tu sais mieux que moi que maman a encore de beaux jours devant elle ! Elle qui a 83 ans n'a mal nulle part, est plus souple que moi...!

*Tu étais prêt à donner cette maison à Aymeric, ce dont je te remercie sincèrement (**mais** Yan et moi n'aurions pas accepté, cela t'aurait lésé), je ne peux pas croire que tu sois à présent prêt à dépouiller ta mère.*

« Dépouiller ta mère », t'es pas « pouillée », toi, avec tes deux maisons (et ta piscine) ! Arrête ce jeu malsain, ce cinéma ! Et concernant ma dignité, je donne ce que je veux à qui je veux. Aymeric est adulte (34 ans), il est très capable de donner sa part à sa grand-mère sans vous demander votre avis, si c'est son choix. Moi, il se peut très bien que je donne cet argent à maman, ne te demandant pas ton avis, pour ne pas m'entendre dire que de ton côté, l'argent est dépensé. Rien n'est décidé me concernant et tu ne seras pas mise au courant.

Je te répète que c'est le seul souci de l'avenir qui l'empêche de t'offrir immédiatement toute sa modeste fortune. Je pense qu'elle a raison. La mère de Yan paye 2000 € par mois (maman prétend que c'est moins cher à Sablé, mais j'en doute, hélas) pour son foyer, qui n'est même pas médicalisé puisqu'elle va bien (c'est encore plus cher quand ça l'est). Maman a 1600 € de pension. Il faudra donc ajouter 400 € chaque mois, et c'est seulement pour le foyer. Au début, il y aura la vente de sa maison actuelle, estimée à 90 000 €, mais ça fondra vite. Alors, laissons-lui ces 6000 € ; s'il te plaît. Et sa tranquillité d'esprit. D'accord ?

Tout à fait, alors ne la fais pas chier avec tes jalousies et les parts d'héritage de ses petits-enfants, puisque tu le dis toi-même, il n'y aura pas d'héritage.

Ce que tu écris après est de trop, trop hypocrite, je t'ai connue plus franche et moins vicelarde, et au cas où tu n'aurais pas compris, maman, elle peut compter sur moi, de jour comme de nuit (sauf les matins et ça t'a vexée), ce n'est pas le cas de tout le monde. Tu étais à même d'arrêter l'enseignement, je crois, à 55 ans, sans trop perdre de revenu...

J'espère que tu trouveras comment t'apaiser. Du haut de mes deux ans de plus que toi (si, si, ça compte), je me permets de te faire part de mes constats : il n'y a pas de bonheur dans la colère ni dans la haine, même quand elles sont légitimes. Ça oc-

cupe, trop, mais ça consume. Coupe les ponts, oublie, tourne la page, saoule-toi, shoote-toi, cours le marathon, élève des moutons dans le Larzac ou demande Christelle en mariage, mais essaie de vivre un peu heureux.

Bisous, p'tit frère.

C'est gentil, Clarice, ce message, plus posé que d'habitude. Je le lis, le relis malgré un très profond mal-être (vu comment vont les choses, je ne vivrai pas jusqu'à 83 ans, moi [et parfois, je me dis que tu aimerais être déchargée de maman et de moi et toucher l'héritage à toi seule, l'héritage que tu te veux pour toi seule, à la retraite, mais je n'ose y croire]. Je resterai du quart-monde et ma conjointe n'est pas directrice d'un bureau de poste première classe comme papa, au contraire, elle est sous protection judiciaire, je n'ai pas droit à un demi-centime de sa curatelle.)

Pour info, maman ne fait pas de folie, mais elle va au cinéma une ou deux fois par mois, moi une fois tous les cinq ans... elle a le grand confort chez elle, seule, moi, je vis dans une cage à lapins, avec un **sociopathe** comme premier voisin et une retraite promise BEAUCOUP MOINS ÉLEVÉE. Si j'économise, c'est parce que n'ayant pas de présent, j'essaie de le prolonger... et de la même manière, si je peux lui rendre de l'argent ou des services, des visites en maison de retraite, il faut pour ça que je puisse avoir un véhicule en état, comme j'ai toujours essayé de faire jusque-là (ce qui me prend presque la pension alimentaire).

Selon le manuel diagnostic DSM-5 le trouble antisocial de la personnalité consiste en une violation systématique des droits des autres et apparaît autour de 15 ans. Ce trouble peut être résumé par les points suivants :
- Ne pas remplir les normes sociales.
- Mensonges et tricheries répétées, pour tromper ou juste pour le plaisir.
- Impulsivité ou incapacité de planifier avec anticipation.
- Irritabilité et agressivité.
- Sécurité personnelle ou d'autrui peu importante.
- Irresponsabilité.
- Absence de remords pour ses actes.

Quant au progrès technologique, ce sont des facteurs de surcoût obligatoires pour moi. Du point de vue de la santé, elle sera dans cinq ans à deux vitesses. Donc, s'il te plaît, ne te risque pas à une comparaison, maman aura certainement eu une vie plus saine pendant 80 ans, n'essaie pas de me rendre jaloux, ni d'elle ni de toi, car le bonheur avec un handicap (en fait, même plus de nos jours) n'est plus une question de volonté. Arrange-toi aussi pour avoir un peu moins d'égoïsme, d'ailleurs, et ne plus faire de faux semblants.

Si tu veux comprendre dans une prochaine vie, prends mon handicap et de plus, pacse-toi avec une personne plus handicapée que toi (minimum 80 % comme c'est mon cas avec Christelle). Si tu ne peux juste attendre, commence par prendre la moitié de mon traitement pendant un an avec Yan, ou même pas ; UN MOIS, tu me diras si tu réfléchis mieux ou pire, ou plus du tout.

Je revois cette sœur qui se rapprochait de moi quand elle voyait que je réussissais tout dans les études et qui, quand elle a vu que j'étais devenu malade, dépendant de médicaments, a pris un peu ses distances, s'arrangeant pour qu'à l'avenir, je ne lui coûte pas trop cher.

Coluche : « Vaut mieux être riche et en bonne santé que pauvre et malade. »
- PS : Moi aussi, j'essaie de prévoir, en cas d'AVC ou de cancer de la prostate, mon avenir, si je l'atteins ! Normalement, il y a deux risques sur trois que ça m'arrive.
- PS2 : Je ne pense pas pour un poil à l'héritage des petits-enfants qui gagnent le double ou le triple de maman et ne lui ont pas souhaité la fête des grands-mères aujourd'hui 1er mars 2020. De mon côté, je n'espère rien d'eux.

« *J'espère que tu trouveras comment t'apaiser* » : Clarice, ma Clara, quand tu comprendras que je n'ai pas ton salaire ni de salaire pour cinq mois de vacances par an, tu comprendras que le seul moyen pacifique de me soulager sans violence, ni sur moi non plus, est de vider sagement mon sac, car ta lettre a failli me faire chialer : ma vie, c'est le quart-monde !

Ça ne paraît pas, mais c'est parce qu'on gère bien, moi seul et Christelle avec sa protection judiciaire. Un simple exemple : j'ai moins d'un tiers des frais bancaires annuels de maman. Je roule très peu, car la voiture dehors étant tous risques, je garde mon bonus depuis mes dix-huit ans, etc. L'augmentation de 90 € de l'AAH est déjà engloutie dans celle des plus gros budgets (baisse de l'APL, l'EDF augmente de 6 %, l'aide à domicile de 5 %, et l'alimentaire...) L'argent que me donne maman part presque tout entier dans le budget automobile et pourtant, une petite C3 de 90 000 kilomètres, ce n'est pas un luxe (toi qui voudrais qu'on bouge plus, on n'en a pas les moyens), il faudra payer la prochaine (d'occasion elle aussi, c'est le reste de la pension alimentaire qui est placé pour le futur investissement automobile).

J'aide aussi Christelle, ou plutôt, je contribue au paiement de l'aide à domicile pour nous deux pour 124 € par mois.

J'ai bien compris tout ce que tu m'as dit, Clarice, ainsi que toutes tes insinuations qui, aux yeux des « normopathes », sont insignifiantes, pas aux miens, et si tu as même une once de sadisme, je n'aime pas être pris pour un maso ou un niais, parano suffira, n'en abuse pas. Moi aussi, j'ai fait ce qu'il faut pour gagner de l'argent, je ne renonce pas parce que je n'ai pas le choix. Et j'ai certainement moins fait la fête que toi, dans ma jeunesse comme après, mais je n'ai pas eu ta chance, je n'ai pas choisi :

- ma santé ;
- ma sœur qui me la reproche !

J'ai reconnu ta bonne volonté aussi, mais j'espère que tu concevras qu'elle a deux effets sur moi, rassurant comme inquiétant. À mon tour de te demander l'effort qui te dépasse. Je sais bien que maman, comme toi sans doute, essayez de m'aider, mais s'il te plaît, comprends que tu alourdis encore plus ma position inconfortable. Mais je renonce, je crois que ça te dépasse (malgré tes deux ans de plus). J'peux pas dire on en reparlera quand tu auras eu moins de chance dans ta vie, car ça sera trop tard et tu n'y es VRAIMENT pas préparée.

Ah, la famille !

Moralité : Pourquoi s'inventer des dilemmes avec les élections, les infos nationales... il y a déjà tellement de quoi faire avec la famille, les voisins...

Pourquoi même s'inventer des dilemmes tout court, on n'a qu'une vie pour penser à soi, dire, faire un tas de conneries.

Il faut que j'embête ma sœur, qui est aussi bête qu'à l'adolescence, et que je lui demande où trouver l'argent pour :

« ***Saoule-toi, shoote-toi***, *cours le marathon, élève des moutons dans le Larzac ou demande Christelle en mariage »*, car tout ça n'est pas gratuit, par contre, le fait de l'embêter ne coûtera rien... **comme quand on était jeunes au milieu des années soixante-dix** 😀.

Bon, j'arrête là les lucidités, elles font trop mal à constater. Je retourne dans mon monde fait de grisaille catalysée par les médicaments. C'est l'heure, encore, du traitement, cette chimie à laquelle on m'a accoutumé, qui fait que je ne suis pas LE crédible, face à la directrice d'école...

mère de trois enfants, eux tous adultes et équilibrés. C'EST UNE FEMME COMME BIEN D'AUTRES QUI NE VOIT QUE <u>CE QU'ELLE VEUT VOIR</u>.

Conclusion

Oui, Neimad, je viens de lire et relire et je suis bouleversée.

J'avais lu ces jours derniers, en vitesse, le texte que tu avais mis sur LinkedIn, et je n'ai pas répondu, car je ne comprenais pas, limite je pensais que c'était une erreur, ça ne pouvait pas être toi.

Oui, je mesure tes difficultés de tous ordres ; comme tu le décris parfaitement. Je ne connais pas ta sœur ni tes parents, je ne peux rien en dire, mais ce que tu dis sur tes difficultés à vivre dans de mauvaises conditions avec en plus le handicap de cette maladie, je comprends tout à fait et je reste muette. Je connais par l'accompagnement des personnes avec qui j'ai travaillé les problèmes des médicaments qui se surajoutent aux problèmes quotidiens, je pense que tu as bien fait d'écrire, cela t'a permis de mettre des mots sur tout ça, de dérouler ta pensée. Je ne sais pas si la publication apportera un plus.

Je vais réfléchir et je t'écrirai demain matin, ce sera plus clair pour moi.

A.

– Merci de m'avoir lu et relu, ces attentions qui sont de grandes attentions pour moi font du bien, énormément.

Je ne sais trop la part du vrai, mais je sais que tout ce que j'écris, je le ressens et je ne peux tout inventer, comprendre de travers, mon handicap a bon dos.

J'ai soumis le livre non corrigé à une éditrice, il est dans les mains de son comité de lecture. En fait, je pense qu'elle va lâcher l'affaire, considérant ce livre comme une histoire de famille.

S'il est refusé, je peux me contenter d'en faire un livre sans ISBN, pour moi ou pour le donner, mais dans mon esprit, cela n'aura rien de thérapeutique. Édité, cela me conviendrait parfaitement et si ma sœur me fait une crasse trop pourrie au décès de ma mère, je le lui fous sous le nez. Je ne pense cependant pas qu'elle soit comme ça, ce sont juste nos différences qui nous gênent.

À ce jour, je n'ai pas l'intention de le faire lire à ma mère, elle en a trop bavé dans sa vie et c'est ma mère, elle a besoin de paix, en a trop vu avec cette maison que mon père ne voulait pas vendre de son vivant et qui lui a déjà coûté trop cher en entretien et en loyers non payés du locataire après moi.

Je ne sais quoi espérer, souhaiter, sinon que ce texte, cette nouvelle soit un livre caché qui a le mérite d'exister et de **montrer que des histoires douloureuses n'ont pas besoin d'être inventées, cons-**

Conclusion

truites pour faire de l'argent, elles peuvent apparaître spontanément. Moi, dans ma tête, je les vis et mon message utile est que **des horreurs pareilles dans les asiles, bien des gens les vivent intérieurement.** Qu'ils aient raison ou qu'ils aient tort, ce sera la raison du plus fort. <u>Ce livre aurait le mérite d'être une prise de conscience quelque peu surréaliste, mais vécue de l'intérieur</u>.

Alors, prenons-le comme une **nouvelle universelle**, d'ailleurs, ma sœur ne s'appelle pas Clarice, et quelque crêpage de cheveux qu'on se fasse, quelque mot cru échangé, on s'aime énormément, comme le jour et la nuit, se cédant la place régulièrement, pour le bien de nos parents, se chevauchant, se complétant, tous les deux nécessaires, comme le *yin* et le *yang*.

J'ai eu du mal à comprendre que Clarice ait pu venir s'imposer chez moi, me dire d'arrêter le musée, ne pas vouloir quitter mon logement et chercher les coups du plat de ma main dans son dos pour montrer des bleus à l'hôpital. Moi, j'aimais trop cette œuvre de mon père, qui cependant serait devenue trop lourde à gérer à moi seul. Je l'ai expliqué à la psy après que ma sœur a porté plainte à l'hôpital, appelé de là-bas chez moi pour que je me fasse hospitaliser volontairement alors que je ne comprenais pas ce qu'il m'arrivait. J'ai bien expliqué que je ne savais comment chasser ma sœur de chez moi et on a ajouté un médicament à mon traitement, dont je suis très dépendant. Depuis, ma vie a changé, j'ai pris trente kilogrammes en treize ans.

J'ai essayé de comprendre que ce musée, d'après elle, n'était pas viable. En fait, moi aussi, je l'avais compris, je m'en doutais depuis mon arrivée, mais j'avais espoir et si à cette époque, j'ai demandé le statut de handicapé, ce n'était pas pour me retrouver tout au bout du compte déshérité de tout. Mon père, hélas, n'a pas accepté tout de suite de fermer le musée et c'était trop tard, j'habitais ici, à trente kilomètres quand il s'est décidé à vendre cette collection de 8 000 à 10 000 objets insolites manufacturés (sans me donner carte blanche). Il m'en a voulu jusqu'à sa mort et je porte encore vos maux.

Donc, ma sœur, qui agissait pour ne pas être accusée de non-assistance à personne en danger se sera servie de moi pour régler des comptes avec mon père, et le pire, c'est qu'elle m'a mis dans sa poche comme il avait l'habitude de faire avec tout le monde, et c'est moi qui ai poussé mon père à vendre sa collection aux enchères, car ses objets se dégradaient et je les aimais. Je pense que tout cela a été très dur pour mon père, encore plus que mes petits soucis d'héritage. Voilà la suite et fin de ce roman/nouvelle, commencé dans *Ma plume à Pierrot.*

Ce qui m'a fait trop mal dans cette histoire, c'est qu'elle prétende que je puisse haïr (ma mère !) Là, je devais réagir, car j'y vois du sadisme.

Conclusion 45

La brèche maintenant est colmatée et comme je l'ai toujours écrit : « les histoires de la vie, si elles sont bien vécues, sont à elles seules des romans ». Cette nouvelle, j'en conjure ceux qui comme moi en auront vécu une ou plusieurs, conclut avec amour que personne n'est parfait, parce que la vie n'est pas parfaite. L'accepter, c'est pouvoir en profiter : J'AIME MA MÈRE ET MA SŒUR ET TOUS CES GRIEFS SONT DÉJÀ OUBLIÉS. Il fallait la violence de certaines phrases, la foudre de certains mots pour faire passer l'orage. Maintenant, l'arc-en-ciel est bien là et l'avenir est aux aurores boréales.

Alors, ce soir, j'essaie de faire de l'humour : créer pour me soulager, car jusqu'ici, je n'ai fait que relater.

– Envie de péter un câble, car je ne suis pas « fongible » 😃.

– Je ne suis pas quelqu'un qui se laisse « fer », car mon vrai nom, c'est Dubois, et du bois plie, mais ne rompt pas, d'ailleurs, DUBOIS peuplier.

– Si vous voulez vous faire un ami, demandez-lui s'il aime les animaux. - S'il vous répond : « oui, avec du sel et bien cuit », faites-en votre créancier et remboursez-le en laitues. Offrez-lui à l'apéro des cacahuètes et en plat de résistance des radis. Au dessert, bouffez-le tout cru, la dette en sera bien plus digeste. - S'il vous répond « non », il a au moins le mérite d'être franc, vous pouvez lui prêter de l'argent.

- S'il ne répond pas, c'est qu'il vous respecte comme il les respecte, il a le mérite d'être honnête.

– C'est dans l'adversité que l'on trouve la force de survivre, comme le nageur pour maintenir sa tête hors de l'eau trouve la force de nager dans l'eau froide. Arrivé à la berge, car il y en a toujours une, il faut savoir reprendre son souffle et respirer l'air doux, l'air fait pour nous.

– « C'est en forgeant qu'on devient forgeron, c'est en lisant qu'on devient liseron et c'est en écrivant pour demain qu'on devient écrivain. » Neimad, un contemporain.

A. me répond et tient donc sa promesse :

« Merci, Neimad, je te retrouve dans cette belle réponse, tu dis tout juste et fort. Oui, il y a une injustice lourde envers toi et tu as su cependant au fil des années te construire malgré ou plutôt avec elle, ce qui t'a fait droit et fort pris dans des méandres moches et douloureux, tu n'es pas que du bois, tu es un arbre.

J'ai vécu quelque chose de légèrement semblable, j'avais vingt ans et j'attendais mon premier enfant. Je me suis détournée du problème et je l'ai mis au fond d'un trou profond où il est retourné dès que je me suis réveillée, et c'est très bien ainsi, je n'avais pas ta sagesse ni le recul comme toi pour poser des mots qui permettent cette lecture de compréhension. J'espère très fort que ton livre sera accepté ;

Conclusion

en tout cas, il transforme la méchanceté et l'injustice en regards sur l'humanité et l'inhumanité. Merci, Neimad, pour cette leçon de respect et d'humour construite sur la douleur.

Très bonne journée à toi et à Kiki,

A. »

Le silence des agneaux

Ceux qui souffrent en silence meurent à petit feu,
Ceux sans autodéfense laissent profiter d'eux,
Mieux vaut être belliqueux que paresseux.
À ceux qui ont la chance d'être hargneux
Aux dépens de ceux
Qui à un ou deux
Ne savent qu'être eux
Pouilleux
mais mieux qu'eux,
Ces gens dans la complaisance des gens heureux,
Ces gens à l'arrogance d'être de ceux
Qui n'ont pas entendu les silences,
Qui n'ont pas fait parler d'eux,
Car j'en ai vu des amis morts d'être eux
Trop silencieux,
Je leur dédis cette minute de silence,
Qu'on parle enfin d'eux,
Cette minute de silence, rien que pour eux.

Fin
    Neimad Siobud

Remerciements

De grands remerciements à ma mère et à ma sœur, qui m'ont inspiré ce livret, une belle occasion de voir les différences qu'il peut y avoir dans une famille qui malgré tout sait vivre en harmonie, chacun jouant un rôle dans cette transcription de points de vue sous différents angles.

Merci aussi à Cathy, Claudine, Sissi et A. qui par leur lecture m'ont encouragé, ainsi qu'à Sandrine Marcelly, qui m'a laissé à de nombreuses reprises pendant sa lecture-correction revoir mon ouvrage à ma guise.

Merci aussi au lecteur de bien prendre ce livret comme un roman ou un essai plutôt que comme un témoignage. Toute exposition de phrases et de mots étant incapable de décrire La réalité, mais juste des manières à un moment donné de décrire ce qui peut être considéré comme une longue nouvelle, donnant matière à réfléchir, se reconnaître dans les quelques rôles énoncés.

Merci aussi à mon réseau LinkedIn d'avoir témoigné de l'intérêt pour ce sujet alors qu'il n'était qu'au tout premier état d'ébauche.

Neimad, le bon perdant ☺

Deuxième partie

La pension alimentaire

1) Un terrain familial

À nouveau bonsoir, Madame Gauvain,

Je précise que pour ce prix, il va de soi que la parcelle de bois sera vendue en l'état.

Cordialement,

Neimad Siobud

– *Bonsoir, Madame Gauvain,*

Je serai présente le 27 prochain et consens à la vente de la parcelle de bois au prix proposé, en l'état.

Cordialement,

Clarice Anjou

– *Neimad, lorsque vous étiez à Fromentine, je t'ai reposé la question de la vente de ce bois. Pour ma part, je ne vois aucun inconvénient à ce que tu l'achètes.*

C'est toi qui as dit que c'était loin de chez vous. Et plus tôt, tu avais écrit dans un mail que vous preniez goût aux gîtes ruraux, et que l'argent de la vente et ton achat du bois vous permettraient d'y aller plus souvent.

Enfin, Christiane (Kiki) a dit plusieurs fois qu'elle ne voulait plus dormir dans la caravane, d'où elle ressortait pleine de piqûres d'insectes, ce qui n'est pas surprenant.

Bref, il semblait clair que vous n'en vouliez plus et je ne comprends pas ce revirement.

Je le respecterai, évidemment. Peux-tu juste te décider rapidement, que ces acquéreurs ne nous passent pas sous le nez si tu ne l'achètes plus ?

Ce qu'elles souhaitent faire de ce bois ne nous regarde pas. Elles ont peut-être des enfants, enfin, c'est elles que ça concerne, non ?

Non, je n'étais pas à la signature du compromis, je travaillais et ne vois pas en quoi ça peut m'être reproché.

J'espère que le généraliste rencontré mardi a pu soulager tes maux.

Bisous,

Clarice

La pension alimentaire

– Bonsoir, Clarice

Non, il n'y a pas de reproche, plutôt au cabinet qui me prend pour « rien », mais oublie. Au contraire, toi, tu m'informes alors que c'est, il me semble, leur boulot d'informer sur leurs tarifs.

Oui, je suis lent et je t'avoue que tout ce que tu as réécrit est sans doute juste, mais je me réveille, réalise qu'il faut qu'on se bouge un peu et que nous avons, maintenant que j'ai le tarif, les moyens de réfléchir.

Disons que j'étais un peu frileux et que désormais, il fait chaud... De toute façon, on n'aura jamais l'endroit idéal, et au contraire, celui-là, je peux me l'autoriser, peut-être même emmènerai-je Christiane à la poterie et par temps sec, irai-je me défoncer au bois (c'est la direction). En tout cas, on a envie d'une petite propriété sentimentale et peut-être comme toi hier, je repensais fort aux qualités de papa qui compensaient les manques de maman. Je repensais à tes qualités aussi et tu m'as fait entrevoir des joies de la propriété immobilière avec Fromentine.

Christiane pense que Noirmoutier a été fatigant pour nous, c'était parfois difficile, oui, mais rien d'insurmontable, tu m'as mis un coup de starter *et ça fait du bien. Aujourd'hui, j'ai sauté un repas et l'esprit est bien plus clair et allant (j'ai bien en trois semaines perdu quatre kilos, même si ça ne se voit pas).*

C'est pour ça, le rêve d'un bois comme celui de Franck, j'oublie, c'est source de complications, connaissant Franck et l'autorité d'Aline, je simplifie. Kiki est douillette, mais les moustiques n'ont pas le paludisme et on s'est déjà bien éclatés au bois (même après un départ vers lui à quatre heures du mat pour couper du bois par moins quatre degrés en février).

Je vais essayer d'arrêter d'en vouloir à Dave, mais il aura semé sa zizanie comme si à l'époque, on n'avait pas assez à réfléchir (... moi, en tout cas !) À quelque chose malheur est bon : je prends, et aimerais faire les choses dans l'ordre, je n'étais pas si pressé de dépenser l'argent de la maison, comme le souhaitait maman, pas plus que de payer du foncier dont, jusque-là, on s'est affranchis.

Enfin, j'ai pensé tout ce que j'ai dit, comme Kiki, mais c'était AUSSI pour se faire une raison.

Et je n'avance pas vraiment dans ma profession, ou tout du moins à tâtons : j'ai un peu besoin de concret, un terrain, un projet, une attache aussi pour les quatre-vingt-dix ans de papa. Ça, c'est nouveau.

Tu m'as parlé de déclic, je crois... En fait, c'est peut-être que je renonce au bois ou à la maison en Mayenne pour plus humble près de la Mayenne, c'est ce dont ces deux nobles femmes ou femmes nobles m'ont fait prendre conscience. Je serai propriétaire à cinquante-six ans de pas grand-chose, mais pas de

« rien ». *C'est pour moi plus que symbolique et c'est spécial à moi/<u>nantis</u>. Je ne suis pas nanti avec ma petite santé, rien que comparé financièrement à tout le reste de la famille. De plus, la moyenne des revenus est, il me semble de 1600 euros à 1800 euros <u>en France</u>, j'en suis donc loin : tu connais mon revenu, de toute façon.*

Bisous, Clarice, merci pour ta sagesse acquise et prouvée, dans ton ton, tes mots dernièrement.

Je t'aime.

2) Maman, Est-ce que je te malmène ?

C'est aussi ce que tu dis de ta fille.

Quel est ce nouveau chantage à l'argent ? Clarice m'en a déjà fait un quand j'étais au Port-de-Juigné (qu'elle a, je suppose, oublié et j'avais bien compris que c'était une carotte).

Nous avons toujours déclaré une **pension alimentaire**, *d'où vient cette invention « avance sur héritage » ? La seule que j'aie demandée avait été pour faire vivre le musée en investissant, elle m'avait été refusée par papa.*

J'ai besoin d'éclaircissements. Clarice est meurtrie et je ne sais pas par quoi.

J'ai pour habitude de dire ce que je pense, parce que je le pense, pas pour faire du mal. Si le téléphone arabe fonctionne mal, coupons-le.

Pour l'instant, je fais, même si difficilement, et tout cela me décourage de continuer.

Je n'ai jamais demandé de subvention, ce que j'investis est sur <u>les</u> économies <u>que je fais en restant</u> chez moi.

Êtes-vous bien sûres que vous voulez mon bonheur, toutes les deux ? Ça ne me saute pas aux yeux.

Désolé, vous ne saurez plus jamais rien de ma vie, ayant beaucoup trop de mal avec les vôtres. <u>Je vois que je gène.</u>

Bonne journée,

Ne me téléphonez plus, c'est grave. »

– *Je ne peux pas reprendre exactement les mêmes phrases, mais mon esprit s'accroche au besoin de se protéger et de s'entraider au sein d'une famille.*

Je repense à : « Diviser, pour mieux régner ». Je crois, avec l'éducation que j'ai reçue, que c'est ce que veut faire le diable. Mais cette éducation me dit aussi que c'est l'esprit du bien qui sera vainqueur, car j'en parle à une force supérieure en qui j'ai confiance.

Bisous,

MAMAN

– *Maman, tu écris dans le vide, et sur un nouveau message.*

La pension alimentaire 61

Peux-tu tout simplement répondre sincèrement et franchement (pour la troisième fois, excuse-moi) ?

Maman me laisse <u>un</u> message sur le répondeur disant qu'elle n'est pas malmenée (je réaliserai qu'elle n'ose pas blesser ni ma sœur ni moi. Elle ajoute que « c'est une pension alimentaire, pas un prêt ». Dans un message qu'elle me laissera quelques jours plus tard, elle dit juste pour faire le point <u>«</u> qu'on en est à 125 euros par mois » — elle confond peut-être avec le montant du diamant de sa platine disque, car Clarice lui a demandé des comptes, je suppose. Voyant la merde mentale que ça me crée, avec Christiane, nous avions décidé de baisser de moitié, <u>pour</u> gérer aussi l'urgence, la jalousie critique de Clarice, car ce beau-frère et ma sœur me rendent fou. Ce dimanche 23 août, nous sommes décidés, sinon on va finir par s'emporter avec cette aide alimentaire. Christiane assume, sa curatelle aura intérêt à réagir vite et à assurer, car Kiki veut garder une/la voiture, au moins pour mamie, pour aller au Mans aussi (hôpital, orthopédiste…) Moi, je sais qu'on ne pourra pas en-dessous de ces 125 euros (je ne sais même pas si les 125 suffiront pour la garder, la C3 est de 2007, elle a 90 000 kilomètres. Alors, il faudra qu'elle soit toute à Christiane. Les joints vieillissent, elle a bien compris et a besoin de l'avis de la curatelle. Elle sait <u>qu'on a</u> ma carte bleue, qui nous aide avec le *Net* (peut-être sans voiture ?), <u>du</u> fait que je ne suis pas sous curatelle (sous curatelle : ni chéquier, ni CB). Nous refuserons catégoriquement ma sœur ou mon beau-frère comme curatelle pour moi. Comme dit Kiki, la curatelle aura peut-être besoin de temps pour étudier le dossier (c'est vrai qu'avec elle, les choses ne vont pas vite, mais on n'a pas le choix, ni trop à se plaindre avec les curatelles. De mon côté, l'association tutélaire ne me prend pas pour le conjoint de Kiki et <u>réagit peu à mes mails : si j'écris qu'ici, l'essence sans carte bleue n'est jamais sur notre route, je crains de ne pas être lu</u>).

Chez nous, on a un besoin fou d'amour

1) Pour mieux se comprendre...

Ce soir, je réalise que ma sœur, comme mon père, comme moi, nous avons un besoin fou de reconnaissance, d'amour.

Je <u>viens</u> de découvrir que c'est ce qui crée ses jalousies maladives — alors qu'elle n'a rien à m'envier —, son besoin de paraître, ou juste d'ordre dans sa tête — alors qu'elle a tout —, que peut-être elle prend en main avec un professionnel, et qu'elle n'aurait pas voulu dévoiler, je n'en sais rien et quoi qu'il en soit, je ne lui en veux pas.

La névrose entre son amour pour TOUTE SA FAMILLE et sa jalousie envers moi, peut-être d'autres est, je pense, très très dure à porter.

J'avais en février fait une longue nouvelle très belle, qui m'a coûté une nette augmentation de mon traitement, je ne sais si je dois la publier (elle est admise à l'édition), car je sais que ma sœur est malade, maladie je pense comme la mienne, incurable, mais différente. Je veux lui dire :

N'aie pas honte, comme moi, ta maladie, crie-la et excuse-t'en. C'est cela, le plus important ! On peut s'excuser d'être qui l'on est, car, <u>comme le monde</u>, personne n'est parfait, mais <u>il ne faut</u> jamais en avoir honte. C'est une partie (sensible) de nous et pour faire avancer les choses, <u>il ne faut pas avoir honte de sa sensibilité</u> : <u>la crier</u> pour qu'elle soit comprise, admise.

Ma sœur, gens imparfaits, moi inclus☺, je vous aime !

Malgré ces mots, tardivement, je comprendrai que ma sœur n'est pas obligatoirement jalouse, sans doute l'opposé, responsable. Je ne dois pas avoir honte, mais m'excuser.

– Clarice

Dave Gates a demandé à acheter le bois en pleine période de décès de papa, il a semé **la Zizanie**, *le bois n'était toujours pas à vendre et il ne l'est pas.*

Je m'exprime comme je veux, comme je peux et comme j'ai envie, qu'est-ce qu'il vous prend ?

Des intérêts à défendre ?

Que vient faire Yan dans toutes ces histoires ?

– Bonsoir, Neimad.

« Que vient faire Yan dans toute cette histoire ? » C'est une blague ?

C'est mon mari, Neimad. Les époux contribuent ensemble aux revenus du ménage, lui plus que moi, d'ailleurs. Alors, quand ces revenus aideront maman, il sera plus que légitime à donner son avis. Et ils se doivent assistance, alors quand il pense que je peux être lésée, il s'inquiète et défend mes intérêts, c'est normal et non honteux. Yan n'a rien contre toi. Il pense qu'il faut un traitement égal entre enfants, c'est tout.

Ce qui est difficile avec cet argent que nos parents te donnent, c'est que tu le prends comme un dû. Pourquoi ? Ce n'en est pas un. Ils l'ont fait parce qu'ils pouvaient et parce qu'ils t'aimaient. Mais ils ne te DOIVENT ni pension, ni salaire, ni autre terme. Ils n'ont aucune OBLIGATION financière à ton égard. Je suis contente que maman t'aide, mais c'est un merci qu'elle mérite, et tout irait mieux si tu savais le dire ou le montrer, mais sûrement pas un « tu dois me verser une pension ».

Alors là, j'interromps, qui a dit ça, pardon ?!

– Pour en finir, j'espère, avec Dave Gates, il m'a dit au téléphone, lorsqu'on échangeait pour la maison, que SI UN JOUR nous étions vendeurs, il serait intéressé. Il n'a mis aucune pression. C'était bien après le décès de papa, puisque nous avons fait sa connaissance pour la vente de la maison du Port, qui n'a pas démarré tout de suite après le décès, et sur laquelle il n'est arrivé que tardivement, après Maric Thoubas.

Clarice, le souci est que la pression a continué et moi, j'ai dû renoncer, cette nuit, car vous me rendez fou.

– Maman a dit que PERSONNE n'allait plus à ce bois, et que l'entretien de l'accès lui causait du souci (Monsieur Aubry prenait très cher, heureusement qu'elle a trouvé quelqu'un d'autre). Donc elle a pensé que c'était une bonne idée de s'en défaire. <u>Dave Gates</u> n'a mis de couteau sous la gorge de personne.

Je ne sais pas ce qu'il faut penser de ce monsieur que je ne connais pas, mais de toute façon, ON S'EN MOQUE. Il n'a fait que passer dans nos vies et il faut arrêter de « psychoter » sur lui. Tu as mieux à faire, non ?

Ce qui m'a fait de la peine, pour répondre à ta question, c'est le mail très agressif et personnel transmis à madame Gauvain, avec des « ma sœur » très critiques et rageurs. Je ne pensais pas mériter ça. Et elle a dû être très étonnée que tu lui racontes ta vie.

Le Neimad qui a écrit ça n'est pas le Neimad de Fromentine, avec qui on peut échanger avec bonheur. C'est le charme de la schizophrénie, j'imagine. On va donc attendre une meilleure phase et interrompre ces échanges, qui ne déboucheront sur rien puisque tu ne tiens qu'à t'imposer, en homme libre, qui dit et fait ce qu'il veut, tant pis si ça blesse ceux qui l'aiment.

À bientôt.

– Clarice, arrête,

Tu affabules (regarde sur Google) sur la relation entre notre mère et moi et cette pension alimentaire est déclarée comme telle aux impôts. Maman et moi, on s'aime et se le prouve chaque jour.

Nous sommes encore allés au bois en début d'année en rentrant de Poillé et j'y ai déraciné des arbustes qui poussaient dans le chemin (comme régulièrement et nous n'en informons pas systématiquement maman. <u>Comme</u> pour le reste, j'essaie d'avoir une vie, ma vie, qu'y a t-il d'illégitime ?)

D'où vient ce besoin que je te rende des comptes (ou à d'autres) ? J'ai eu le tort de te mettre la copie du mail à madame Gauvain, tout est mal interprété et mon vœu était (en toute logique) que la réponse vienne d'elle. Merci à ceux qui m'attribuent des incohérences (par défaut) d'être eux-mêmes logiques.

La pension alimentaire, si j'essaie de suivre ton raisonnement, justifierait que je fasse un compte rendu mensuel <u>de ma vie</u> à maman ?

Ne prends par tes rêves pour des réalités, c'est dur, ce que je t'écris là, mais il faudrait un jour le voir. Comme tu le dis si bien, tu es mariée, moi, je suis pacsé, nos vies sont indépendantes, pas de jalousie possible ni <u>d'introspection</u> sur notre vie, à Christiane et moi.

Je suis désolé, Clarice, j'avais espoir que tu te détendes avec la retraite, tu sembles vouloir régenter. J'espère que ce n'est qu'une impression.

Je comprends que Clarice est soucieuse de maman, mais qu'en voulant <u>faire</u> avancer les choses, elle les empire. Cependant, plus les choses progressent, plus je vois que ma mère et ma sœur s'angoissent au sujet de <u>l'argent</u> de maman, qui est pourtant une somme de 80 000 euros (plus 90 000 euros, la valeur de sa maison, plus l'héritage qu'elle va toucher le 27 de la maison du Port (et le bois)). J'entrevois que ma sœur est en quelque sorte un « détachement du gouvernement Macron 😃 ».

Oui, je suis libre, comme toi, tu as toujours souhaité être une femme <u>libérée</u>[1] <u>et moi, je l'ai toujours compris comme tu le souhaitais, ce qui t'a autorisé trois beaux fils, (je ne me suis rien autorisé de mon côté, ma femme n'aurait pas été « libérée »)</u>. C'était ta chanson en 2003. Ça s'arrête là. <u>Fais</u> comme tu

---

[1] Libérée (qui signifie, dans cette expression, non pas, une femme qui passe d'un partenaire à l'autre, qui n'a pas de partenaire fixe, qui s'est donc libérée des contraintes sociétales sur la sexualité féminine), mais : libre (non soumise). « Libérée » est généralement assez contradictoire avec la notion de mariage.

Neimad s'en est donc dégagé tout en restant responsable (sans enfant). Formaté par sa sœur, qu'il respecte, dès l'adolescence, cela a été inconscient et ses conjointes ne savourant pas leur côté respectées (qui devrait être le terme).

as toujours fait, t'occuper sainement, ce que moi-même j'essaie de faire, mais il se trouve tant d'interférences, et depuis si longtemps. La famille particulièrement entra dans ma vie de façon, je ne trouve plus le mot, intrusive déjà, ne donnant pas le quart d'info sur sa vie, et voyant le tort que cela me fait de se mêler de mes affaires (à vous aussi), oublie-moi un temps. Cette pension alimentaire aurait pu avoir cet avantage : que vous ne vous inquiétiez pas de moi.

Je voudrais mettre cela sur le compte de l'amour, mais c'est trop lourd.

Bonne journée, cela fait plus de vingt-quatre heures que j'essaie de satisfaire tes quatre (et cinq) mails. Maintenant, je vais prendre le temps d'aller chercher de l'essence pour m'occuper de maman demain.

Si tu m'y autorises, je vais essayer d'avoir une nuit <u>normale</u> et me préparer pour la route.

Neimad

Enfin, désolé, mais je vis toujours le deuil de papa et ça ne se commande pas, un an ne me suffit pas.

2) **Le lendemain**

Le lendemain, le réveil est très dur, je failli vomir et prends un anxiolytique comme sédatif (sur mon traitement mensuel (encore, ça recommence !)) Je ne vomis pas, heureusement.

– Neimad, il est stupéfiant de devoir te l'expliquer, mais le fait que NOTRE mère TE donne SON argent et que JE doive pallier quand il n'y en aura plus, ça me regarde sacrément.

Je ne demande qu'à te laisser vivre ta vie, maman aussi, je pense. C'est toi qui impactes la nôtre en pompant l'argent familial.

Ne t'inquiète pas, tu pourras continuer à le faire tant que ce sera possible, comme tu vas continuer à profiter du bois.

Papa m'a dit un jour à propos de ces dons mensuels, qu'il ne semblait pas du tout considérer comme un dû, lui, que « Neimad avait de la chance que je sois de bonne composition ».

J'aimerais que tu en prennes conscience, toi aussi, au lieu de prétendre que ces dons sont légitimes et irréversibles. Maman n'est pas responsable de ta maladie et n'a donc aucune obligation d'y pallier. Google dit qu'elle le peut, et elle le fait, pas qu'elle le doit.

Je serai de bonne composition tant que ce sera possible, mais l'avenir m'inquiète. Et le passé m'a souvent <u>interpellée</u> sans que je te dérange en t'en parlant, je crois. Tu serais certainement plus autonome si tu avais eu, comme Christiane, le courage d'accepter un emploi protégé, notamment. Ce n'est pas facile ? Mais tu crois que tout est facile pour les autres ?

Je pense que ce don appelle une contrepartie. Il ne s'agit nullement de rendre des comptes sur ta vie à maman, mais qu'elle puisse compter sur toi. C'est le cas le plus souvent, comme aujourd'hui, et je t'en remercie.

Mais je vais te raconter quand j'ai commencé à interroger ces dons : l'année dernière, en août, on lui a fixé un rendez-vous d'ophtalmo le matin — elle n'a pas toujours le choix — et tu as refusé de l'emmener.

Elle a dû quémander de l'aide et a beaucoup stressé. Tu as montré à Fromentine que tu étais tout à fait capable de te lever, alors, pourquoi tu lui as fait ça ?!

Et il ne s'agit pas d'un moment de faiblesse précis : si j'ai bien compris, si elle a un rendez-vous le matin, elle se démerde !

Colette Lami l'a finalement conduite l'an dernier, sinon il était prévu que ce soit moi. C'est parfaitement normal, et ce sera le cas plus souvent désormais, mais j'étais à Fromentine, où Yan venait d'être enfin en vacances.

Je t'assure qu'en roulant mes deux cents kilomètres pendant que mon frère, disponible, proche et subventionné DORMAIT, ça <u>aurait</u> bien fait fondre <u>ma</u> bonne composition !

Alors, on va essayer de continuer comme ça, Neimad, mais garde à l'esprit que quand on bénéficie d'une générosité absolument pas due, on renvoie l'ascenseur, que ça arrange ou pas.

3) Entre Dû, Devoir et Droit

– Clarice, je suis désolé, avec tout ce que je t'ai écrit, tu devrais comprendre que je ne considère pas cet argent comme un DEVOIR, mais comme un DROIT (autant que ce don de maman lui donne droit à réductions d'impôts) (sans obligation, c'est le sens premier). Je t'ai écrit que j'étais d'accord pour essayer autrement (j'avais même écrit que j'aurais préféré voir quand maman serait en foyer, tu ne veux pas, c'est comme ça. <u>Moi</u>, entre ce que je préfère et ce que je peux, il y a peu de différence. <u>Comment</u> font tes amies, je ne comprends pas, elles font quoi de leur vie ? Tu dois bien pourtant constater ce qu'est vivre sans le sou sans en être responsable ? Mais ne viens pas voir ce que j'aurai dépensé jusqu'ici et surtout n'y regarde pas, tu aurais des surprises. Je viens de relire que j'ai proposé à maman vers février-mars qu'elle verse moins. J'aimerais te comprendre, j'ai bien compris que d'après toi, je pompe maman. Il me semblait avoir remercié maman d'avoir refusé. C'est un jeu sadique ?

Je t'ai aussi écrit que depuis 2017, je retravaille comme écrivain (que j'ai aussi travaillé de 2009 à 2012 comme auto-entrepreneur et que ça a été très douloureux (courageux : à toi de voir où les fonctionnaires trouvent leurs salaires)). Si je n'ai pas voulu emmener maman, c'est aussi parce qu'à l'époque, je ne m'endormais pas (comme ces jours-ci), alors je travaillais et que <u>le matin,</u> drogué au café, je peux être invivable si je me réveille, endormi, de toute façon sans réflexes, dangereux, tétanisé. Ça, *tu ne le connais pas, mais Kiki pourrait t'en parler : j'ai souvent peur de moi et pour ceux autour de moi. Je peux te dire que si toi, mon handicap te fait plaisanter, moi, je ne joue pas avec, je ne joue pas, ne plaisante pas avec : j'ai dit que je ne pourrais pas, je le voyais bien ! Il s'agissait de faire deux fois soixante-quinze kilomètres AU VOLANT et d'orienter maman. Cela dit, je l'ai fait trois fois. Concernant les yeux de maman, avant la pension alimentaire, je l'ai emmenée jusqu'à Nantes. Enfin, les taxis et les VSL ne sont pas faits pour les chiens ! Pour les personnes de quatre-vingt-deux ans, il lui fallait une ordonnance. ZUT !*

<u>*Je ne vous prends ni toi ni Yan pour des pompes à argent non plus.*</u> *On aurait acheté la voiture pour faire plus de kilomètres (kilomètres qu'on fait très peu) et même autre chose, il n'y a pas plus économique pour le volume qu'aurait souhaité Kiki (elle n'a que le sens des petits chiffres et pas des gros, « pas sa faute », le monde n'est pas parfait). L'argent du repas pour mon anniversaire, on l'a partagé à deux, comme chaque fois, Micky, dernièrement Sissi, ça devient indiscret. Entre dans une association de consommateurs, Clarice.*

Par contre, si en ta présence, je dépense, c'est pour être rassurant, mais ça ne marche pas.

Si je vous donne des chiffres sur mes économies, c'est bien ça aussi, et si vous réfléchissez, c'est pour prouver que je n'ai pas à « taxer », « pomper »... et zut ! Quand te satisferas-tu d'une réponse simple ?

Je ne t'ennuie pas, passe un bon dimanche.

Au 27.

Fort heureusement, Christiane et moi n'avons pas d'enfant, c'est une des raisons de notre union. Ce n'est pas un hasard, depuis le musée, c'était compris, ni pour moi ni pour l'équilibre mental de l'enfant.

Je comprends tardivement que Clarice ne saisit pas mon inaptitude au travail, <u>parfois dans la vie, comme rendre des services à ma mère tout en travaillant (ici comme écrivain)</u>. Déjà, j'arrive à travailler les nuits et les week-ends, c'est cartésien que je ne peux être du soir et du matin. J'ai bien posé explicitement les choses, on ne me sollicite pas les matins. Heureusement, j'ai des facilités avec les langues. Cette nuit, j'ai dormi de 9 h 39 du matin à 14 h 30, un dimanche ! Au coucher, ce matin, je me disais que je suis fou, mais je vois bien qu'ils me maltraitent, inconsciemment ou sciemment, mais c'est un fait (et du coup, Christiane aussi, qui est à faire de la chaînette au crochet depuis trois heures et dont je ne peux m'occuper, devant pour mon équilibre — donc le nôtre — mettre les choses à plat).

Je suis mon propre ESAT, j'ai aussi cette ambition, même si c'est fou. De toute façon, c'est mon étiquette.

Les différences, un droit

1) « Il pense qu'il faut un traitement égal entre enfants, c'est tout »

Pourtant, nous n'avons pas la même vie, loin de là.

Si lui, il veut entrer en ESAT, il fait la demande, ça sera prendre une part de mon handicap. Ce n'est pas injurieux il faut juste qu'il comprenne l'effet que ça lui ferait de retourner à l'école, quitter son bureau (d'où peut-être il délègue, je n'en sais rien, ça ne me concerne pas, pas plus qu'eux mon travail, que je fais comme thérapie, en mettant à plat, pour digérer l'indigeste).

Peut-être ne sait-il pas qu'on ne démissionne pas d'un ESAT, qu'il n'y a pas de CDD et qu'alors, on perd son AAH (à moins que ça soit négocié avec la MDPH[2]).

Il me rend fou.

Lent, je le suis. La raison : je n'ai eu dans les huit mois qu'une nuit en gîte de vacances et cinq jours avec ma sœur. Le reste est majoritairement de

---

[2] Maison Départementale des Personnes Handicapée.

la marche à la pharmacie ou des promenades autour du bâtiment. Le travail n'est pas qu'écrire, ça, c'est un plaisir, un soulagement. Parfois une extase, mais c'est la partie émergeante de l'iceberg : je suis auto-édité.

Je n'ai pas de RTT, de voiture de fonction… et normalement, je n'embête personne, encore moins de chez moi (moi).

Christiane et sa curatelle me diront si ma Kiki est libre d'assumer sa voiture seule et de garder ainsi le confort qu'elle mérite.

On saura ainsi si je peux me passer de l'aide de ma mère intégralement, bon Dieu, j'espère que ça irait mieux !

Comme dit Kiki, alors, moi aussi, j'aurai peut-être une aide à l'autonomie de la MDPH (ma « subvention à moi… »)[3]

2) La nuit du 22 : « Chez nous on a un besoin fou d'amour »

« Ce soir, je réalise que ma sœur, comme mon père, comme moi, nous avons un besoin fou de reconnaissance, d'amour.

---

[3] Celle avec le Musée de Juigné aurait été exorbitante dans de nouveaux locaux. Sans l'âme du fondateur, mon père, je ne voulais pas de cela : Un « Amusant Musée » non amusant… moi, comme il avait pensé, le clown triste, très peu pour moi. Désolé, papa, la vie m'aura naturellement mené au rôle d'écrivain.

Les différences, un droit

Je viens de découvrir que c'est ce qui crée ses jalousies "maladives" — alors qu'elle n'a rien à m'envier, alors qu'elle a tout —, que peut-être elle prend en main avec un professionnel, et qu'elle n'aurait pas voulu dévoiler, je ne lui en aurais pas voulu.

Une névrose entre son amour pour TOUTE SA FAMILLE et sa jalousie envers moi, peut-être d'autres serait, je pense, très très dure à porter. »

Maintenant, je comprends que **non, elle n'est pas jalouse**, elle a **une <u>âme de cadre</u>, déformation professionnelle** comme directrice en fin de carrière d'école préscolaire et elle-même femme de cadre, qui la dépasse. Ce sont ma maladie comme mon métier qui la dépassent aussi.

J'avais en février fait une longue nouvelle très belle, qui m'a coûté une nette augmentation de mon traitement, <u>je cherche à la publier finalement</u>, car je sais que Clarice n'est pas malade, ou ce serait une maladie, je pense, comme la mienne, elle, pas incurable, mais différente. Je veux lui dire :

N'aie pas honte, comme moi, tes soucis, crie-les et excuse-t'en. C'est cela, le plus important ! On peut <u>s'excuser</u> d'être qui l'on est, car, comme le monde, personne n'est parfait, mais <u>on ne doit</u> jamais en avoir honte, c'est une partie (sensible) de nous et pour faire avancer les choses, <u>il ne faut pas avoir honte de sa sensibilité</u>, <u>il faut</u> la crier, pour qu'elle soit comprise, admise, sinon elle devient fragilité.

Ma sœur, gens imparfaits, moi inclus😊, je vous aime ! »

Ma sœur, Clarice, je suis désolé, mes schizophrénies paranoïdes, cette fois, je ne m'en rendais pas compte, encore, souvent, j'en doute.

Les pics contre quelqu'un comme nous mènent au désastre, « il n'y a pas que Maille qui m'aille », mais « Quand on n'a que l'amour à offrir en partage… », alors pas de marécage 😉

Excuse-moi, je suis ou j'ai été fou. Il m'a fallu mettre à plat tout cela sur papier.

Tu vois, je suis long à la détente, mais parfois, ça part en flèche et décroche le fruit.

Je t'aime, ça, ça se dit 😉 ?

3) Comprenant que dans ce monde d'argent, il faut des riches et des pauvres (de moins en moins pauvres)

Constat de ce que j'ai écrit le 21 (nous sommes dimanche 23 août 2020 : l'heure d'une synthèse) :

« Bonjour, S, j'espère que vous allez bien, Pour ma part, vacances très originales. Ça va mieux, mais ma sœur et mon beau-frère m'inquiètent :

- Elle, très jalouse, car j'ai eu envie d'avoir ma première et sans doute unique petite propriété : un bois de quarante ares que ma mère voulait vendre (mais avec ma sœur, il faudra oublier, malgré, sous peu, un modeste héritage à trois d'une vieille maison

Les différences, un droit

où j'ai logé sans loyer, moyennant mon maintien au musée).

- Un beau-frère qui m'a aujourd'hui l'air cupide, capable de demander en avance sur héritage les 30 000 à 33 000 euros qui m'ont été présentés comme une pension alimentaire spontanée ! Je n'ose vous dire leurs revenus. (Je ne suis pas étonné d'avoir eu à augmenter mon traitement médical fin février face à ces, aussi, "characters" *(en anglais)). Si nous, on peut être un peu Bidochons, eux, ce sont de riches "Slimpsons"* 😁 *(« maigres et secs, Simpsons»).*

Bref, cela fera peut-être ou sans doute une autre histoire.

Mon éditeur est d'accord pour éditer **Ce qu'elle veut voir** *à condition que je revoie la mise en pages.*

Cela aura t-il un coût ? Si oui, pourrai-je avoir un devis. Je crois en effet avoir ajouté il y a quelques mois une conclusion et des remerciements à rallonge, biens, mais à rallonge, car j'ai du mal à imaginer une telle famille. Ça date déjà de février ! J'ai essayé de ne rien faire de cet écrit, mais la hargne de Clarice me dépasse et mes propres répliques aussi.

Je vous envoie le livre, dont j'ai modifié la signature : "Neimad, le bon perdant", en "Neimad" (celui qu'on fait de moi).

Je termine ce travail qui avait donc été fait dopé (ma sœur me reprochant encore cette semaine-ci de ne pas travailler et d'après elle en ESAT. Ma conjointe ne m'imagine pas là-bas malgré son expérience de vingt-huit ans d'ESAT.)

Le jour où je n'aurai plus les finances d'écrire approche, nous avons baissé la pension alimentaire de moitié. J'espère que les ventes démarreront réellement pour améliorer ma retraite mais je reste intègre, ne parle pas faux. J'attends l'avis <u>de la curatelle de</u> Christiane <u>pour</u> sa voiture. Donc <u>si je peux</u> me passer d'aide alimentaire, pour une hypothétique aide à l'autonomie, je devrai voir avec la psychiatre sur le conseil de Christiane. Mon handicap ne se voit pas, mais elles, elles savent.

Il va falloir que je fasse une suite à ce livre et j'espère que la fin sera heureuse pour tous.

J'espère que vous rentrez en forme. Ma sœur est, elle, une vraie mitraillette, je suis encore, comme toujours, obligé de la calmer au bazooka. Elle est à la retraite depuis peu, moi pas. En attendant, je renonce à ce bois, car nous pouvons être obligés de nous passer de voiture. On verra. C'est moi qui ai proposé à ma mère de baisser la pension de moitié pour calmer Clarice, elle qui croit ou voudrait faire croire que je considère cette pension comme un dû (elle m'a demandé si j'y serais prêt si maman entrait en foyer, ce qui est complètement dans ses moyens et peut approcher). J'ai toujours refusé de répondre aux prétentions calomnieuses qu'elle me prête. Longtemps, je fais traîner les explications, car je n'ai pas de comptes à rendre, surtout pour expliquer qu'il y a confusion, comme toujours, à mes dépens. Maman, quand l'AAH a augmenté de 90 euros, je lui ai proposé de baisser la pension alimentaire d'environ 25 ou 50 euros, elle m'a répondu, à l'époque, que ce n'était pas la peine. Je l'ai justement remerciée, elle semble avoir oublié, c'est la vie. Je pourrais moi aussi être jaloux de tous (fille et mère, ma mère est généreuse).

En fait, le dû par mon père était pour le paiement annuel de son site internet, avant l'augmentation de l'AAH. En effet, je n'y arrivais pas avec notre petite C3 qui m'aura beaucoup servi pour ma mère, et sur la fin de sa vie, à Thierry (Cf : Ma plume à Pierrot).

Les soirs, je n'arrive pas à croire que Clarice ou son homme sont ainsi, je ne m'endors pas, mais je dois renoncer à ma naïveté... Ou eux ouvrir les yeux sur ma bonne volonté. Je ne traîne ni aux cafés ou ailleurs, il y a plus de cinq ans que je n'ai pas vu un film en entier (pardon, si, Un sac de billes). *Je ne joue pas, ne bois pas, mais vapote. J'essaie de vendre mes livres malgré une étiquette lourde à porter, difficile à comprendre. D'ailleurs, il faut que j'aille sur le site de l'URSSAF des artistes-écrivains... Amicalement,*

Neimad »

Dans cette famille, il y a de tous côtés des problèmes de confiance. <u>Seuls</u> ma mère et moi nous soignions. « Les autres, c'est l'enfer » : <u>de la morale</u>

(bas moral 😀)) sans s'être regardés, des masses d'argent et de rentrées d'argent, chez eux c'est toujours plus, chez moi toujours moins. Ils vont finir par se faire accuser de « gauche caviar ».

Quoi qu'il en soit et heureusement, <u>cette pension alimentaire</u>, il faut qu'on comprenne que Christiane a l'argent, la curatelle est la tête pour étudier le cas et ce n'est pas normal que je n'aie pas d'aide à l'autonomie.

À suivre...
Neimad

Conclusion

Je reprends doucement confiance, en seront-ils tous dignes.

Sur la fin de ma vie, peut-être celle de ma mère, je mourrai peut-être idiot, mais chanceux ; je mourrai peut-être idiot ou plus chanceux, mais je mourrai heureux !

Tulipe, ma jeune chatte de dix mois, comme au début de la COVID 19, à la fin de *Ce qu'elle veut voir,* vient enfin chercher les caresses sur moi, dans ce fauteuil.

Mes larmes coulent, je suis heureux et ma femme, ma Christiane, ma Kiki, va se lever, constatant mon épuisement, mais je suis heureux de comprendre que ma sœur n'est pas jalouse, mais riche et responsable. Moi, j'avais juste l'ambition d'être riche et généreux. C'est incompatible, peut-être, cela peut expliquer ma position ? Responsables, ma femme et moi, nous le sommes tous les deux.

Moi, j'y crois ! C'est une question de foi (en sa famille).

La médecine n'y peut plus rien pour l'instant, seulement les gens compétents…

Je pourrais leur en vouloir d'avoir, par moi, tiraillé ma mère en <u>me</u> refusant l'aide à l'autonomie depuis plus de dix ans, mais la perfection n'est pas de ce monde, crions-le ! Excusons-nous-en, en même temps.

Annexe : folies

Excuse-moi, Clarice, je ne lis plus tes mails, je suis trop troublé par les suspicions (étaient-ce insinuations, cupidité ?) de ton mari par ton intermédiaire. J'espère qu'il ne t'a pas formatée suivant son moule ni qu'il te maltraite. Si c'est le cas, à malsain malin entier. Mais pourtant, cela ne vous ressemble pas.

Voici le plan de la ville du notaire. Nous avons repéré l'endroit avec maman, si la carte est prise sous un angle pas trop serré (j'espère), cela devrait être là, à droite au rond-point de LDC, à gauche au rond-point suivant, tu entres alors dans un nouveau quartier qui n'est peut-être pas dans le GPS (un peu vide). Après une centaine (même pas) de mètres, face au transporteur (camions) que tu côtoies, une rue courte qui mène aux assurances à gauche.

Face à elles, la rue Jules-Verne et écrit en très gros le nombre 08.

J'ai entrevu la sensibilité d'Armand aujourd'hui, <u>il</u> a été le seul à débarrasser la table de maman, laver les verres en échangeant. C'est aussi un gars bien et je suis fier d'avoir vu mes trois ne-

veux près de mamie à midi. On aurait tous bien discuté et rigolé plus, mais le temps pressait et j'étais parti <u>de La Flèche</u> stressé à en vomir... un bon rot grâce à un verre d'eau et un sédatif ont suffi pour garder le peu mangé comme forces. Mais tout va bien. Il faudra de votre côté réfléchir si je n'ai pas de voiture dans six mois, car on remet ça tous les six mois. En tout cas, ils étaient bien cool, à l'hôpital.

Tu dois avoir deux œuvres de grand-papa de très longue date chez toi. Il y en a trois chez maman, de quoi en faire cadeau à son décès à chacun de ses petits-fils, tant que je n'ai pas d'héritier. Si un n'en souhaite pas, cela serait bien que la famille des Franck en profite. Aline aurait voulu le petit bonhomme à l'accueil de la maison du Port-de-Juigné, mais c'est l'âme de l'atelier avec la maison, ou le peu qui en a été laissé. C'est bien comme geste, pour quelqu'un qui s'intéresse à cette maison, de <u>l'y</u> laisser. <u>Il</u> a du mérite, ce monsieur que nous voyons le 27.

Oui, si un de tes fils n'est pas intéressé (je n'ai pas dit que je ne l'étais pas), ça serait sympa de remercier les Franck pour ce que fait le papa POUR MAMAN.

Bisous, ma sœur, au 27,
Neimad

Annexe : folies

Bonjour, Neimad,

Merci pour cette information (sur le renoncement au terrain). Je vais donc faire de même de mon côté, maman signera jeudi si ce n'est déjà fait.

Tu peux conserver cette pension de 250 € tant que maman le pourra, et je n'en demanderai pas la prise en compte au moment du partage, sauf nécessité.

Tu m'as contrainte à te bousculer.

Ce qui donne le sentiment, pénible, que tu considères cette pension comme un dû, c'est que tu ne l'as pas remise en question quand les revenus de maman ont diminué, alors que sa contrepartie automatique, une assistance <u>fiable</u> à maman, est, elle, soumise à ton bon vouloir. Une assistance aussi fiable que le versement de cet argent tous les mois, ni plus ni moins.

Tu dis avoir proposé en février de la diminuer et je vais te croire, mais tu as eu l'air drôlement surpris quand moi, je l'ai évoqué.

Tu aides maman, je t'en ai remercié et t'en remercie à nouveau. Comme un fils voisin et disponible, qui n'a que cinquante-six ans, pour reprendre ta formule, le fait.

Mais pourquoi décréter qu'elle se débrouille pour les rendez-vous qu'on lui impose le matin ? Je serai disponible désormais et m'en chargerai, mais instaurer ce principe était incorrect. Si nous refusons de nous lever un matin, Yan et moi ne serons pas payés. Toi, tu le serais ? Ce que nous choisissons de faire de nos nuits, toi comme moi, nous appartient, mais les gens qui nous paient n'ont pas à l'assumer.

Maman t'a demandé si tu pouvais nettoyer l'accès au bois, tu as refusé de lui rendre ce service, pour lequel elle a dû chercher et payer quelqu'un. Pourquoi ? Tu dis aimer ce bois, chercher l'exercice physique et je t'en félicite, tu es disponible, n'as que cinquante-six ans et es redevable à Maman.

De même, elle doit payer quelqu'un pour tondre sa pelouse.

Accepter de l'argent crée une dette, que ça nous arrange ou pas. Ce peut aussi être l'occasion d'un échange gagnant/gagnant, celle de gagner une dignité, de faire plaisir à quelqu'un qui ne sait pas quoi faire pour t'aider.

Maman peut être saoulante, je le sais aussi bien que toi, je n'ai pas dit que c'était facile, j'ai dit que cette pension fait que tu le lui dois.

Laisser passer l'occasion de vendre ce bois à un prix correct, pour que tu refuses de l'entretenir et y ailles... combien de fois par an ? Cela me semble peu pertinent. Je comprends ton besoin d'espace et de propriété, mais tu pourras acheter ce qui te plaira, près de chez toi, et en faire ce que tu veux, un lieu à toi, avec ta part de la maison du Port.

Je comprends aussi ton besoin d'exister, mais l'exprimer en t'en prenant à maman, ou à moi, ou même à Christiane, à qui tu te vantais récemment de « n'avoir rien laissé passer » n'est pas une bonne idée. On ne gagne rien à mordre la main qui vous caresse. Au mieux, elle se lasse, au pire, elle se retourne contre toi, comme tu m'as obligée à le faire.

Peut-être devrais-tu revoir ton psychiatre pour trouver d'autres moyens avec lui ?

À jeudi, Neimad.

Remerciements

Occasionnellement, je ne vais presque remercier que Clarice, car c'est le premier rôle (avant Neimad), sujet riche de vocabulaire, passionnant, où malgré toutes les anicroches dévoilées, tout avec elle révèle une transparence, une personne sans détours, intuitive et fonceuse et c'est la sœur que j'aime, avec qui toujours on va de l'avant. Elle ne veut pas voir de handicap : c'est une sœur. Et moi je ne veux pas travailler au noir pour mes parents, comme dans l'ancien temps, qui plus est avec déjà un travail (et un handicap qu'elle REFUSE DE VOIR) de nuit comme écrivain, on ne peut être du soir et du matin. Je cotise à l'URSSAF des artistes écrivains, et mon prénom c'est Damien.

Après un début d'année difficile <u>pour nous deux aussi</u>, avec le coronavirus, que ce livre effacera, qui avait donné *Ce qu'elle veut voir,* que je ressens aujourd'hui comme une fiction, et qu'elle comprendra, il était temps que le bébé naisse, peut-être sous la forme de jumeaux, avec leurs DAMIEN différents.

On n'oublie jamais sa mère quand on parle sœur : merci, maman, de nous avoir gardés unis tous les trois, merci, les mères qui ne se prononcent pas plus pour un enfant que pour un autre.

Je suis persuadé que mon beau-frère n'est pas un simple « beauf ». Merci à Clarice de l'avoir choisi (je me souviens de la compétition qu'il y avait et en souris encore 😉).

Merci, Kiki, pour tes vis-à-vis. Pour une fois, j'aurai empiété sur moins de nuits…

Un grand merci à ma correctrice, Sandrine Marcelly, qui à l'occasion m'a soufflé un mot de vocabulaire, et à mon éditeur.

Neimad Siobud

Troisième partie
Quand la réalité dépasse L'entendement

Préambule

Catharsis, la révélation ?

J'avais compris que Clarice voulait n'en faire qu'à sa tête, mais était-ce comme mon père à mes dépens, en me sacrifiant ?

Invitation

« Coucou, Neimad,

Je viens de créer un compte Familio. Cela permettra à maman de recevoir chaque mois un "journal" papier, que nous aurons tous créé, avec des photos et commentaires, toi, Christiane, les enfants et nous deux.

Le premier numéro lui parviendra le 21 décembre, pour son Noël. Veux-tu bien jouer le jeu ?

Merci pour elle et gros bisous. »

...

En effet, grâce à cet abonnement, tous vos messages envoyés depuis votre smartphone, tablette ou notre site lui seront automatiquement transmis sous la forme d'une gazette papier personnalisée, imprimée régulièrement.

...

Le compte créé, je mets trois photos avec légende, dont une info de la semaine, plus le poème que nous a envoyé « mamie » (pour ses petits-enfants et arrière-petits-enfants).

Mamie
15 novembre 2020

Je faisais des poèmes pour mon mari
　　　　Il est parti
Et je ne peux communiquer avec lui

C'était pour dire qu'on s'aime
Je ne sais s'il a compris.
Toujours le doute en lui-même
　　　　Qui nous poursuit.

En qui avait-il confiance ?
En sa maman, sûrement !
Mais trop de différence
Dans nos tempéraments

Et notre éducation !
Car il faut faire attention
À des générations
Qui ont formé nos émotions

Au soleil installée
Dans notre maison de Sablé,
J'essaie de comprendre
Pourquoi tant de tourments !
　　　　Mamie

Invitation

Clarice

« Bonjour Neimad,

Merci d'avoir adhéré si vite et si bien à Familio. Je voudrais juste te demander de retirer le poème de maman, s'il te plaît. Je le trouve affreux, nombriliste et pleurnicheur. Je ne suis pas sûre qu'il faille encourager maman dans cette voie. Enfin, elle fait évidemment comme elle veut pour elle, mais j'aimerais que ce truc sinistre ne soit pas imposé à tous, toi et moi, c'est déjà suffisant.

Merci et bonne journée.

PS : On a droit à 30 photos par mois. On est 5 familles, donc ça peut faire 6 chacun, mais on n'est pas obligés. »

Neimad

« Clarice tu m'as présenté cette activité pour maman, pas pour TA famille ou toi, alors je retire tout. Moi aussi, je lui ai dit que ç'aurait été mieux que cela se termine sur un message d'espoir, mais c'est maman et ce sont des réalités. C'est Sa gazette.

C'est gentil d'avoir souhaité que je participe, mais maman a deux enfants et à un autre titre des petits-enfants (et arrière-petits-enfants).

Moi, j'arrête là. »

Le réseau familial

« Fais comme tu l'entends, Neimad. Je constate que tu n'as rien retiré pour l'instant. Je ne sais même pas si c'est possible, en fait. Mais vous pouvez cesser d'abonder, évidemment.

Tu conviendras que, initiatrice de cette gazette, je suis légitime à demander qu'elle soit conforme à ce que je crois bon pour maman. C'est-à-dire :

une solution à ses éternels problèmes d'impression,

un rayon de soleil mensuel prouvant la tendresse des siens,

et un partage de vies qui l'intéressent, dont elle s'enquiert régulièrement.

Pas :

un retour sur des plaies qu'elle entretient très bien toute seule, même si les protagonistes en sont morts,

un encouragement à la mélancolie et au narcissisme qui ne lui apportent guère de joie de vivre, à mon avis.

Je vous ai fait une proposition, nullement une injonction. Si tu souhaites tirer maman vers le bas, la ramener à ses vieux démons, je crois en effet préférable que vous vous absteniez. Si vous voulez essayer de partager un peu de joie, vous serez toujours les bienvenus. »

« Clarice, l'art-thérapie, c'est de se savoir vu, lu, compris. Moi, j'ai bien compris ton idée, que j'approuve, mais pourquoi nier en bloc la personnalité des gens et n'apprécier que le superficiel ? Les reconnaître pour ce qu'ils sont, c'est les aider à le voir et à en sortir, s'ils le souhaitent. Maman a essayé de se faire du bien et elle a 84 ans.

Normalement, j'ai supprimé le poème il y a deux heures trente, je vais aller vérifier ce qu'il en est.

Allez, te bile pas.

Au niveau activité, je fais les choses par étapes et ne souhaitais pas vraiment en mettre plus. J'avais juste retenu du descriptif « Gazette pour mamie » et non album photo.

Bisous, Clarice.

Mon dernier post : le 16 nov. 2020 à 19:44, il n'y a plus que trois posts sur les quatre, je pense que tu dois rafraîchir ta page (?)

Autorité

Depuis douze heures, je cherche mes mots, ne m'endors pas, voulant enfouir ceux orduriers, qui sont de trop, que ma mère m'a confiés, sans pouvoir pleurer, arrivés dans sa boîte à lettres, reniant non pas sa façon d'être, mais ce que sa fille ne voit pas :

Une vie défiler, dans l'embarras d'être seule, entre personnes âgées, qui ne sont pas ou ont si peu été.

Excuse-moi, maman

Je n'ai pas envie de croiser la famille de ma sœur à Noël.

Clarice et moi, ce sont deux mondes de plus en plus à part, celui de la bourgeoisie et celui des prolétaires (pas besoin de photos).

Papa m'avait parlé des nouveaux riches, et comme dit Brel, ce n'est pas un monde à fréquenter. Je n'ouvre les yeux que tard et ne veux pas t'en décourager.

Tu es la bienvenue pour fêter Noël le jour que tu voudras et pourras dormir là, mais je n'irai pas à

Sablé avec une famille pareille. Tu n'as pas à le porter non plus. Déjà, Clarice m'a fait mal en février, puis fin août, je n'en veux plus. Papa avait une certaine humilité et un savoir-vivre qui déjà laissaient à désirer, mais l'ascèse s'est faite cette année pour moi.

Nous restons avec toi, mais ma sœur et moi, le jour et la nuit comme tu dis, j'ajoute : ne sommes faits que pour nous croiser.

Excuse-moi, ça n'empêche pas qu'on fêtera Noël avec toi le 24 ou un autre jour...

Ne te trouble pas, ne m'en veux pas, c'est la vie. La culture de Clarice, son peu d'empathie ne sont plus les miennes.

Je t'embrasse, demain nous allons au Mans, appelle jeudi si tu veux ou écris.

Gros bisous.

Entre-temps... un mail sans raison ?

« Le bois est vendu en l'état, nous l'avons écrit. Je ne pense donc pas possible que la caravane soit récupérée (et pour aller où ?) ni que l'un de nous continue d'utiliser cette parcelle de terrain qui ne nous appartient plus.

Bonne soirée, la famille !

Clarice »

« Maman, je ne sais pas ce que papa a fait à Clarice, mais c'est à se demander si elle ne jubile pas de faire disparaître une à une toute trace de notre père ! »

Enfin bref, il est mort quand même ! Elle s'arrêtera là, j'espère !

Bon, on se bile pas, mais parfois...

Neimad

Le temps des pluies et peut-être les nuits retrouvées

« Je ne t'en veux pas et te comprends. On s'arrangera pour se voir. Bisous à tous les deux.

Maman »

« Bonjour Neimad,

Merci d'avoir retiré le poème, et merci pour ce message apaisé.

Celui-ci l'est aussi, je le précise, car les mots nous trahissent parfois sans la voix.

Je te fais confiance quant à l'art-thérapie, je ne m'y connais pas, mais ce n'est absolument pas ce que je prétends faire avec cette gazette.

Pourquoi ne pas accepter la personnalité des gens, demandes-tu ? Je te l'ai dit, parce qu'il me semble que certaines facettes de ces personnalités ne rendent pas heureux ni leur propriétaire ni l'entourage. Dès lors, je ne crois pas pertinent de les encourager.

Tu parles de superficiel, moi, je parle de normalité. Entre papa, maman, toi, et même Christiane, il est difficile d'être ordinaire dans cette famille. La différence est un droit et je vous aimerai toujours, mais c'est lourd, parfois. Alors est-ce que je pourrais juste avoir une gazette, une pauvre gazette simple, normale, ordinaire, comme tout le monde ? S'il vous plaît. Tu clames haut et fort ton droit à la différence. Je clame mon droit à la norme, et c'est moi qui ai créé ce journal. Je demande à être respectée aussi, s'il te plaît.

Je regarde régulièrement la messagerie de maman pour lui enlever les spams, qu'elle n'identifie pas toujours comme tels. J'ai ainsi lu tes messages quant à ma supposée jubilation à liquider l'héritage de papa. Est-ce vraiment gentil d'imposer ça à maman, Neimad ? Pourquoi la choisir elle pour déverser ton agressivité ?

Non, je ne jubile pas. Que pouvait-on faire d'autre de jouets moisis, d'une maison en ruines, d'un bois mal entretenu ? Notre père ne voulait pas en prendre soin. Les conserver encore, avec les frais, et surtout les soucis pour les maintenir à peu près à flot ? C'était beaucoup imposer à maman, non ? Le moindre souci l'envahit aujourd'hui. Et pour quoi, pour qui ? Les choses auraient été différentes s'il avait choisi de nous laisser un bien en bon état quelque part, mais ça n'a pas été le cas.

Mais peut-être as-tu un peu raison. La relation à papa était difficile : se séparer de ses biens est peut-être une catharsis ?

Toi, tu sembles t'y accrocher, même si tu n'en profitais pas beaucoup et n'en assumais pas la charge. Cela t'appartient.

Est-ce que cela ne te ferait pas du bien de créer ton projet sans le bâtir sur les ruines de papa, avec l'argent de la maison, par exemple ? C'est toi qui sais, évidemment. Mais si cela t'intéresse, sache que je ne m'attends nullement à ce que mes enfants perpétuent mes choix. Ils vendront Fromentine et Angers s'ils le souhaitent, et continueront leur vie à leur manière, selon leurs choix. C'est vraiment ce que je souhaite pour eux.

Bonne journée, bisous, Neimad.

Clarice

Conclusion

Je viens de lire ton dernier message à maman, Neimad.

Rassure-toi, nous ne t'imposerons plus notre présence. Être nouveaux riches, papa en faisait partie, grâce à son travail, il n'y a rien de honteux à cela.

Les prolétaires n'écrivent pas de mails à quatre heures du matin, puisqu'ils se lèvent pour aller travailler.

Si je t'ai fait du mal, console-toi, tu m'en as fait bien plus encore, ce matin à nouveau. Mais c'est la dernière fois.

Nous allons désormais interrompre tout échange, comme tu en exprimes le souhait dans ce message à maman. Sauf intérêt de notre mère.

Je te remercie de l'accueillir à Noël. Tu peux continuer à abonder Familio si tu le souhaites, dans le respect de ma demande, s'il te plaît.

Au revoir.

Clarice

« La différence est un droit et je vous aimerai toujours, mais c'est lourd, parfois. »

Maman, Clarice et Neimad

Remerciements

… à/en trois jours de confinement : découvrir que j'étais le moyen d'une catharsis de ma sœur vis-à-vis de nos parents (car j'habitais dans la maison dont mon père avait hérité) ? Elle m'aurait pris pour son outil, son jouet, son baigneur qu'elle pouvait noyer à volonté ?

Pour les jouets de mon père qui se délabraient, c'est moi qui l'ai autant poussé à vendre sa collection dont je devais hériter, m'avait-il promis, et heureusement, je n'ai pas compté sur cet héritage. J'avais entrepris de m'organiser pour me détacher des objets dont ma sœur prétend que je n'assumais pas la charge, je l'ai pourtant fait jusqu'en 2007 et ce qui était chez moi me concernait.

Remerciements à cette psychiatre qui en 2007, sous la demande pressante de ma sœur qui était venue chez moi cherchant des coups et refusant de quitter ma maison, s'est fait avoir et m'a fait hospitaliser de façon un peu empirique une semaine et prendre un médicament qui, à l'avantage de ma sœur, m'a rendu docile et incapable physiquement jusqu'à actuellement. Chose intéressante, j'ai augmenté ce traitement au premier mois de la COVID, il y a neuf mois, et ce sera cette dernière qui m'aura sauvé de cette catharsis, volontaire ou non, consciente ou non ?

Merci, Clarice, je m'en tire médicamenté à outrance, avec les effets secondaires de cette « pilule bleue », physiques, psychologiques et comportementaux, mais entier. Notre mère, elle aussi médicamentée, n'y a vu que du feu, les rôles en effet dans cette famille ayant été inversés, au bénéfice de notre bourgeoisie ?

Ma mère aura appris que moi aussi, j'ai eu cinquante-huit ans pour comprendre mon père, et contrairement à Clarice, celui-ci respectait les objets et les préférait à l'ARGENT, hélas sans doute à son fils ! C'est une question de dignité que personne dans la famille autre que lui n'a eue. Peut-être Clarice en me protégeant ? Ma sœur a eu peur pour moi, je le conçois, je crains qu'il y ait eu double emploi de ma condition, comme l'avait fait mon père en me chargeant de tous ses objets. Me concernant, j'ai sauvé ce qui était dans mes moyens (des images) www.amusantmusee.com.

Merci à mon père qui préférait à ses objets la nature, chose essentielle chez l'humain, en protégeant son bois, et qui aurait souhaité que j'aie sa santé pour l'exploiter dans les règles de l'art ; mais à l'impossible nul n'est tenu, il m'a laissé le gros œuvre. Pour ma mère et pas pour Clarice, ce n'est pas un crève-cœur, cette vente du bois (qui, à part le chemin, s'entretenait de lui-même), mais il n'y a pas

Remerciements

qu'elles. Voilà que ma mère emploie les mots de sa fille, alors « laisse-toi démunir par elle, si tu le vois ainsi, de tout bien, joie ou liberté autre que régenté ». Quant à moi, je n'ai pas hérité de quoi racheter un taillis similaire dans les environs ?

Clarice, merci d'avoir rétorqué un jour en colère noire à ton père « je sais de qui je tiens ! » (Moi, je saurai à quoi m'en tenir…) ?

Merci de me malmener pour faire comme notre père ce qu'elle veut de moi, mais j'arrive quand même à écrire, un métier (encore un), même si tu me préférerais à vider les poulets à l'usine de Sablé ?

Des prolétaires, elle ne le sait même pas, il y en a qui travaillent la nuit, dans les usines, y compris les anciens tôlards qui ont purgé leur peine et ramassent les volailles avec les fermiers dans leurs poulaillers, la nuit. J'en ai hébergé deux sous mon toit, et les dindes, c'est elle qui les mange ?

Merci de m'avoir dit que mon père s'était dit indulgent avec moi, maintenant je sais pourquoi : les mêmes méthodes sont utilisées ?

Merci de m'avoir fait des neveux qui, j'espère, seront plus sains que le reste de la famille ?

Merci de m'avoir montré un aperçu de ce que, Clarice, tu considères comme normal. N'abîme quand même pas trop ta mère, que ce matin tu incendiais encore de reproches (et qui s'endormait avec, ce soir). J'apprends à suivre ton modèle, comme tu le vois, en commençant par toi. Je ne pense pas que tu t'ennuies dans ce genre de normalité ?

Je préfère la poésie « larmoyante » de ma mère, non violente et droguée, aux colères stériles de Clarice, et cela affermit mes goûts. Merci pour cet écrit ?

Merci pour ceux qui se retrouveront en m'ayant cousu main ce sujet ?

Merci de nous avoir pris pour qui nous ne sommes pas ; la chance, cela se mérite, désormais ?

Merci, par un point d'interrogation (ici souligné), qui peut être vu comme sadique, des deux côtés, s'il reste un doute, sur l'aspect réel ou fictif de cette saga familiale.

Je veux croire que ce livre est une fiction, alors que justement, cette « pilule bleue » n'a plus d'effet à la relecture en pleine nuit.

Je veux croire à l'art-thérapie que je cautionne chez « mamie ». Je veux croire que cette fiction n'est qu'hypothèse(s) rocambolesque(s). Je veux croire que ma sœur sait se calmer et ne pas lire les courriers qui ne lui sont pas destinés. Je veux croire à des familles où l'aînée ne se prend pas pour régente. Je veux croire qu'une mamie puisse se lire rajeunie dans sa gazette, plutôt que de s'y trouver vieillie. Je veux croire qu'une arrière-grand-mère ne se voit pas infantilisée par une retraitée professeur des écoles. Je veux croire qu'on n'a pas à lui dire où se trouve sa dignité et qu'on ne veut pas la voir insultée.

Remerciements

Merci, faute de rêve, de ne pas créer le cauchemar, pour une attention détournée, en fait égocentrique ?

Je veux croire que vieillir peut se faire dans l'apaisement, pas dans la tourmente, mais soutenu par ses enfants, chacun avec ses différences, donc ses qualités.

Ce qu'elle veut voir ne devrait regarder qu'elle et ne pas être aux dépens d'autrui.

« Bonsoir aux familles ! »

[katarsis] 🔊

NOM FÉMININ

1. Du mot grec signifiant «purification».
2. Purification éprouvée par les spectateurs d'une représentation dramatique, selon Aristote.
3. Méthode de la psychanalyse fondée sur le défoulement.

La phrase d'humour qui aurait pu être de mon père, décédé aujourd'hui il y a bientôt deux ans, sur la créativité :

« Ma femme et mes enfants sont si créatifs… ils m'inventent et me créent des problèmes tous les jours… »

Postface

Clarice, ma Clarice, tu as écrit ce matin à mamie que tu n'arrives pas à comprendre les problèmes psychologiques, que ta colère est tombée, mais pas ton chagrin.

Sache que je n'injurie pas ta famille ni toi dans ce cauchemar que tu m'as fait faire, c'est un constat, nous sommes de mondes différents et, sans insulte, sache voir que tu es entrée ou n'as pas quitté la bourgeoisie, c'est une chance pour toi de devenir aveugle, alors savoure ta condition, je ne t'en veux pas et j'essaie de ne pas être triste de nos différences.

Dans les deux tomes précédents, tu te défoules, comme depuis enfant, sur moi, c'est ta façon de fonctionner, moi, je n'y vois pas d'injure, même si tu ne m'épargnes que rarement. C'est ton fonctionnement, je ne le juge pas, car cela te ferait trop mal. Je t'aime, je t'épargne comme je peux, mais je ne veux plus prendre les coups.

Voilà, ma sœur, si on peut se retrouver un jour d'égal à égal, j'en serai content. Non, je ne te juge pas et encore moins ta famille (de quel droit le ferais-je ?) pour l'instant. Déjà, que nous soyons de mondes différents, il faut s'en satisfaire, ainsi que de nos handicaps, à notre mère et à moi. Alors, si cela, tu le vois et l'acceptes, nous pourrons évoluer chacun dans notre direction.

Je viens d'appeler mamie pour lui dire que les soucis entre nous ne sont pas une question d'argent ou de pension alimentaire, mais un simple différend à la base sur un cadeau, et qu'elle aura de ta part un très beau cadeau de Noël.

Je t'aime.

Sagesse

— Bonjour Damien,

J'ai lu et relu, je ne sais qu'en penser, je suis très troublée,

Prends bien soin de toi,

Je souhaite de tout cœur que ce conflit évolue positivement.

Je vois bien le poids que c'est pour toi.

Prends bien soin de toi.

Garde ta capacité de bienveillance et d'humour.

A.

— Bonjour A,

Il ne faut pas être plus troublée que moi même si je le suis dès le réveil. Je crois qu'il faut que j'accepte déjà que ma sœur lise mes mails à ma mère.

J'ai toujours tout encaissé comme ma mère, il faut que ma sœur pèse le poids de ses coups, qu'elle n'est même pas consciente de donner.

Je l'aime, c'est ce qui me trouble, pour ses qualités, dont sa normalité, mais pour pouvoir vivre de jour aussi, il ne faut pas qu'elle m'emprunte mes journées.

Bisous, A, il faudrait que je prenne le courage de lire un mail destiné à ma mère dont j'ai eu copie, mais je ne veux pas jouer les masos avec ma sœur (comme avec mon père, lui avait-elle fait comprendre), il faut que le cygne se révèle, et d'abord à ses yeux. C'est peut-être ce qu'elle veut voir et je voudrais la consoler sous mon aile blanche.

Merci pour tes lectures, je vais essayer de penser à autre chose aujourd'hui et marcher par le temps froid et sec.

Gros bisous

Avec tout ça, le cygne est un peu ventru et dégarni de cheveux, mais il devait un peu se vider de son plumage de vilain petit canard... je serai le premier cygne chauve, c'était peut-être ça « qu'elle souhaite voir », ce n'est pas très jojo, mais il y a une certaine majesté 😃

… C'est là la réalité.

Neimad SIOBUD

Le bébé

Mes plus grands remerciements à Sandrine Marcelly qui a presque enfanté, seule, j'espère sans douleur ce « ce qu'elle veut voir ».

En fait, dans ce livre, Sandrine fertilise le bébé et le porte en elle. Relecteur correcteur est encore plus noble que le travail d'écrivain.

Je ne comprenais pas pourquoi avec toutes les lectures qu'elle fait, elle n'écrit pas. Maintenant, je comprends bien qu'avec tous les livres qu'elle a enfantés, la place du second rôle est celle qui porte complètement l'enfant et le(s) parent(s). Elle est la femme de l'ombre qui fait les plus beaux bébés, chez nous, écrivains, souvent conçus la nuit dans un huis clos, une salle intime et partagée à la fois.

Avec Sandrine, le livre peut se nommer « ce qu'elle Peut voir ».

Table des matières

Première partie 7
  Préambule 9
  Entrée en matière 11
  Exposé 13
  Mises au point 21
  Ah, la famille ! 39
  Conclusion 41
  Le silence des agneaux 49
  Remerciements 51
Deuxième partie 53
  La pension alimentaire 55
  Chez nous, on a un besoin fou d'amour 63
  Les différences, un droit 75
  Conclusion 83
  Annexe : folies 85
  Remerciements 91
Troisième partie 93

Préambule 95
Invitation 97
Le réseau familial 101
Autorité 103
Conclusion 109
Remerciements 111
Postface 117
Sagesse 119
Table des matières 125

© 2020 SIOBUD, Neimad
Édition : BoD – Books on Demand, 12/14 rond-point des Champs-Élysées, 75008 Paris
Impression : BoD - Books on Demand, Norderstedt, Allemagne
ISBN : 9782322260430
Dépôt légal : Décembre 2020